神様の弟子は ブラック

～ チビ龍の子育て ～

加賀見 彰

この作品はフィクションです。
実在の人物・団体・事件などに
一切関係ありません。

神様の弟子はブラック

～チビ龍の子育て～

目次

神様の弟子はブラック

～チビ龍の子育て～

第一話

報《むく》われない人生を改善すべく、俺は神様に弟子入りした。

神様の弟子になっても、俺は人間の男だ。

俺にふくよかな胸はない。

喩《たと》えるなら、俺の胸は関東平野《かんとうへいや》だ。

なのに、スリスリスリスリ、とベビー服に包まれたまんまるの赤ん坊が俺の胸に頬を擦りつけて笑っている。

「ばぶばぶばぶっ、ママ、ママ〜っ」

俺のどこがママだ。

俺の胸のどこがママの胸だ。

ママと呼ばれる日がくるなど、夢にも思わなかった。

ママという呼び名だけは阻止する、と小野優馬《おのゆうま》は心に必勝のハチマキを巻いて、翡翠《ひすい》と名付けた赤ん坊に言った。

「翡翠、俺はママじゃない」

いつの間にか、教えたわけでもないのに、翡翠による優馬の呼び名が決まってしまった。

ママ、と。

「ばぶばぶっばぶばぶぶぶぶっばぶっ、ママ」

スリスリスリスリスリスリ、と翡翠の頬ずりがいっそう激しくなる。ママだ、とワガママ大魔王が言い張っているような気がしないでもない。

「俺を『お兄ちゃん』と呼べ」

「ばぶばぶぶっ、ママっ」

昨日で夏期休暇が終わり、今日から後期の講義が始まる。優馬は死に物狂いで勉強して、名門と謳われる常磐学園大学《ときわがくえん》にギリギリで入学し、なんとか無事に三年生に進級した。何が起ころうとも、休学や退学はしたくない。だが、ママを連呼《れんこ》する赤ん坊の出現により、優馬の大学生活には暗雲が立ちこめている。ひょんなことから友人になった学生代表の二階堂義孝《にかいどうよしたか》の尽力のおかげで、翡翠の大学への同行を許可されたが。

「……だ、だから、だからな、俺は『お兄ちゃん』だ。お兄ちゃんの俺は今日から大学なんだ。俺は子連れ通学なんてしたくないんだぜ。俺を『お兄ちゃん』と呼ばないと連れて行かない。暴れずに留守番してくれるか？」

優馬が捲《まく》し立てながら力《りき》むと、まんまるの赤ん坊も顔を完熟トマトのように赤くした。

「ばぶばぶっばぶばぶぶぶぶっばぶっばぶーっ、ママーっ」

翡翠が優馬の胸から顔に移動する。素早い。

「翡翠、やめろ。お兄ちゃんは苦しい」

むぎゅっ、と優馬の顔に小さな翡翠の身体がへばりついた。ぽちゃぽちゃだが、重石を乗せられたような感じだ。

「ばぶ～っ、ママーっ、ママ、ママ、ママ、ママ～っ」

息ができない。

このままだと死ぬ。

確実に死ぬ。

助けてくれ、と優馬は月と夜を司《つかさど》る月讀命《つくよみのみこと》に助けを求めた。

何せ、満月の夜、月讀命の弟子になったのだから。

それなのに、麗《うるわ》しい月讀命は現れない。翡翠はほかでもない月讀命から授けられた金の玉だというのに。

いや、金の玉から誕生した龍神だというのに。

当てにならない神様より頼りになる人間の男。

「……は、疾風《はやて》、助けてくれーっ」

優馬が渾身《こんしん》の力を振り絞り、隣室で寝ている友人に助けを求める。

その途端、物凄い勢いで襖《ふすま》が開いた。バタンッ、と。

「優馬、どうした？」

ヤクザだ。

白鞘《しろさや》の長《なが》ドスを手にしたヤクザが飛び込んでくる。

……どこからどう見ても暴力団の鉄砲玉にしか見えないが、同じ常磐学園大学のリベラルアーツ部リベラルアーツ学科に通う諏訪《すわ》疾風だ。背後に雄々しい武神の毘沙門天《びしゃもんてん》が視える。以前の優馬ならば視えなかった。月讀命の弟子になって以来、人ならざるものが視えるようになったのだ。望んだわけではないが。

疾風の鋭い目は優馬の顔の上で手足を振り回す赤ん坊に注がれた。

微妙な沈黙が走る。

もっとも、すぐに珍妙な静寂を優馬が破った。

「……こ、殺される……」

助けてくれ、と優馬は顔で暴れる小さな暴君のせいで、そこまで言うことができなかった。けれども、疾風は理解してくれた。

疾風は無言で白鞘の長ドスを畳に置くと、ふにゃふにゃの翡翠を抱き上げようとした。

「ばぶばぶばぶっばぶばぶぶぶっばぶっばぶーっ」

翡翠はまんまるの全身で逆らい、優馬の顔から離れようとはしない。疾風は無敵の強さを誇っているが、赤ん坊相手に乱暴な手は使わない。

結果、戦場と化した優馬の顔が痛めつけられる。

「……し、死ぬ……こんなところで……」

月読命、なんのために弟子入りしたと思っているんだ。『私の弟子になりたければ育てなよ』なんて軽く言いやがったが、このままでは命がいくつあっても足りない。優馬は心の中で天照大御神《あまてらすおおみかみ》の弟神を罵《ののし》った。

「ばぶぶぶぶっ、ママ、ママっ」

「……ひ、翡翠……疾風……助けろ……」

優馬の視界に三途《さんず》の川が過《よぎ》った。

三途の川の向こう側では、古い写真で見た軍服姿の曾祖父が手を振っている。着物姿の曾祖母もいた。

気が遠くなる。

「ばぶ～っ、パパ、パパ、パパっ」

翡翠が疾風に向かって無邪気な笑顔を浮かべた時、開け放たれた襖の向こう側から、居候《いそうろう》させてもらっている月読《つくよみ》神社の宮司《ぐうじ》の筑紫《つくし》明雲《めいうん》が現れた。淑やかな美女と称しても過言ではない美男子の背後には、夢のように美しい木花之佐久夜毘売《このはなさくやひめ》が視える。

「翡翠くん、元気がよろしい。何よりです」

明雲は清楚な美貌を輝かせ、優しく微笑みかける。地獄の亡者《もうじゃ》と化した優馬を目の当たりにしてもいっさい動じない。

……おい、明雲さん、何を呑気に、と優馬の心で零した文句が届いたのか。

「ほら、プリンですよ」

明雲の白い手には、蒸し器で作った手づくりのカスタードプリンがあった。パンダ型だ。

「ばあば、プリンっ」

翡翠はプリンを見た途端、目をキラキラさせた。ズルズルズルッ、と優馬の顔から離れ、パンダ型のプリンに手を伸ばす。

あれほど優馬の顔にへばりついていたというのに。

「プリンも作ったし、ヨーグルトも作りましたよ。たんと召し上がれ」

明雲が作る素朴で優しい味のプリンやヨーグルトは翡翠の大好物だ。もちろん、優馬にそんな手のかかることはできない。

「ばあば、ヨーヨー。ばあば、バナナヨーヨー」

明雲は天女《てんにょ》のように綺麗な独身男性だが、翡翠に『ばあば』と呼ばれてもすんなりと受け入れている。それどころか、嬉々としてばあばの役目を引き受けているようだ。なんにせよ、翡翠という大嵐はプリンに釣られた。

プリンの威力は凄い、と優馬はプリンに感心している場合ではない。

「……っ……死ぬかと思った」

優馬が青い顔で息を吸い込むと、疾風が凛々しい眉を顰めた。

「優馬、隙を見せるな」

疾風にはどこぞの武闘派ヤクザのような迫力がある。事実、体格はいいし、腕っ節はとんでもなく強い。

「……す、隙を見せるなって？　……赤ん坊相手に？」

「赤ん坊は四十を超えた鉄砲玉より危険だ」

疾風はどちらかと言えば無口だが、優馬相手だと意外なくらい饒舌《じょうぜつ》だ。

「……は？　四十を超えた鉄砲玉？　ヤクザの漫画とか映画で見たけど、鉄砲玉って若いチンピラがなるもんだろ？」

「若い鉄砲玉は失敗する確率が高い。ターゲットを仕留める確率が高いのは四十以上のヤクザだ」

疾風は鋭い目で命のやりとりをする修羅《しゅら》の世界について言及した。つまり、それだけ赤ん坊は脅威だと言いたいらしい。

確かに、翡翠は目を離したら何をするかわからない鉄砲玉暴君だ。

「シュールな喩《たと》えだな」

「優馬、改めて聞く。父親はどこだ？」

遊び人の男に赤ん坊を押しつけられた、と疾風は疾風なりに解釈しているらしい。

「今、どこで何をしているかわからない」

月と夜を司る月讀命は朝、どこで何をしているのか、優馬には見当もつかなかった。いくらなんでも、早朝、美女を侍《はべ》らせて酒を飲んではいないだろう、と。

「父親の名前は？」

「チャラ男」

月讀命を初めて見た時、ホストだと思った。チャラ男神というイメージは強まるばかりだ。

「名前を言え。探しだす」

スッ、と疾風はスマートフォンを手にする。

「無理だ」

「俺のオヤジがヤクザだと忘れたか？」

疾風は指定暴力団・板東一場組《ばんどういちばぐみ》の組長の息子だ。その気になれば、どんなに巧みに隠れている輩《やから》でも探しだせるのかもしれない。板東一場組の組織力が卓越していることは、優馬も助けてもらったから知っている。

「ヤクザでも無理」

「名を言え」

疾風の一言で板東一場組の構成員はいかようにも動く。天《あま》つ神《かみ》相手でも国家権力を凌駕《りょうが》する機動力を発揮できるのだろうか。

「そこまで言うなら教えてやる」

「早く言え」

「驚くな」

「さっさと言え」

「月讀命」

あの大御祖神《おおみおやがみ》の天照大御神の弟だっていう神さんだ、あの八岐大蛇《やまたのおろち》を退治したっていう須佐之男命《すさのおのみこと》の兄さんだ、月の神さんがあんなにチャラいとは知らなかったぜ、と優馬は心の中で毒づいた。

「この神社で祀《まつ》っている奴か？」

月讀命の弟子になってから厄介な問題が連発し、月讀命を主祭神として祀る月讀神社の敷地内に建つ宮司の住居に、優馬と翡翠は居候している。紹介してくれたのは、翡翠をきっかけに急速に親しくなった疾風だ。

「そうだ。明雲さんが朝も晩も熱心に祝詞《のりと》を捧げている神さんだ」

優馬は翡翠を抱えていてはバイトもできない。神社でお守りを売ったり、掃除をしたり、ゴミを出したり、雑用を手伝っていた。

「冗談はよせ」

案の定、現実主義者の疾風は信用しない。

「冗談じゃない。本当だ。大福餅《だいふくもち》を喉に詰まらせて死にかけた夜、月讀命の弟子にしてもらったら、『育ててみろ』って金色の玉を渡された。金色の玉からチビ龍が生まれて、いきなり人間の赤ちゃんになった。それが翡翠だ。ぽちゃぽちゃしているから抱けなくて困っていた時、お前に会った。ほら、お前が十三人ものヤンキー相手にケンカしていた時だ。助かったぜ」

優馬は予想だにしていなかった一連の出来事を一気に捲し立てた。遠い昔のことのように思えるが、時間にしたらたいして経ってはいない。

忘れもしない満月の夜、理不尽な理由でバイトを解雇され、自棄で食べた大福餅を喉に詰まらせて死地《しち》を彷徨《さまよ》い、救いを求めた神が月讀命だった。それ以来、優馬は美麗な月讀命の弟子だ。

が、神様の弟子とはどういうことなのだ。

子育てが神様の弟子の修行なのか？

チビ龍だと思ったら、人間の赤ん坊になった。

チビ龍は手がかかるが、人間の赤ん坊も手がかかる。

チビ龍は自分で空を飛ぶが、人間の赤ん坊は自分で歩くこともできない。

黄緑色に近い緑色のチビ龍は目下、最大の悩みだ。もっと言えば、人生最大の悩みかもしれない。

要領が悪く口下手で周囲に上手く馴染めず、孤立したなど、現在抱える悩みに比べたらなんでもなかった。……ような気がしてならない。

「嘘をつくならもう少しマシな嘘をつけ」

疾風が凄まじい怒気を漲らせたが、優馬はいっさい脚色していない。すべて真実だ。

「嘘なんてついていない。本当だ」

優馬がこれ以上ないというくらい真剣な顔で力んだ時、どこからともなくワガママ大王の絶叫が響いてきた。

『ママ、ばぶっ、ママ、ママ、ママ、ぶぶっばぶっばぶーっ』

翡翠は自分でプリンに釣られていながら、そばに優馬がいないと大声で騒ぎ立てる。この世の誰より不条理だ。

「翡翠、近所迷惑だ。追いだされるぜ」

優馬が端整な顔を歪めると、疾風は淡々とした調子で言った。

「追いだされたりはしない」

「そりゃ、優しくて面倒見のいい明雲さんは追いだしたりしないだろうが、近所迷惑だ。お隣さんからクレームが入ったら終わりだぜ」

「周りは森林だ」

疾風に指摘され、優馬は近所を思いだした。

月讀命を祀る神社は辺鄙なところにあるし、メディアに取り上げられたこともないし、ホームページの類も開設していないし、樹齢八百年というスギやケヤキに被われているから森林地帯に見えないこともない。近所に民家は見当たらなかった。

「……あ、ご近所さんは遠いけど……この大音量じゃ参拝者に聞こえる」

森林地帯だと素通りする人は多いが、熱心な参拝者は少なくはない。

「この時間なら賽銭《さいせん》泥棒だ」

疾風が罰当たりな賽銭泥棒に言及した時、翡翠の一際《ひときわ》甲高い声が響き渡った。

『ママ、ママ、ママ、ばぶぶぶぶぶぶぶぶぶぶっ、ママ、ママ、ばぶーっ』

翡翠の絶叫に続き、明雲の声も聞こえてきた。

『ママ、優馬くん、ママ、優馬ママ、翡翠くんがお呼びです』

明雲さん、いくらなんでもそれはやめてくれ、今日から講義が始まるのに『ママ』で定着しちまったじゃねぇか、と優馬はがっくり肩を落としたが、無視するわけにはいかない。

「優馬、行け」

疾風に廊下を指され、優馬は手招きした。

「疾風、お前もついて来い」

優馬にはいやな予感しかない。

「俺は呼ばれていない」

「黙って俺についてこい」

「……キサマ、よく俺に」

疾風という目つきの鋭い美丈夫には、恐ろしい噂が流れていた。翡翠がいなければ、親しく交流することはなかっただろう。実際、腕力自慢の武闘派学生であれ、残虐なギャングであれ、プロの集団であれ、いっさい怯《ひる》まず、倒してしまう最強の男だ。疾風の顔を見ただけで震え、涙目で逃げる輩《やから》が多い。

けれど、チビ龍を抱えた優馬にとって、なんら問題にならないことだ。今の優馬には頼もしい子育て仲間である。何より、本当にいい奴なのだ。

「ワガママ大王が暴れていたら俺は右に回る。お前は左から突っ込め。いいな？」

「優馬、いつも冷静を欠くのはお前だ」

「そんなことはない」

「なら、俺が左だな？」

「そう、俺が翡翠の右だ。茶碗を持つほう」

「お前はいつも茶碗を左で持っているぜ」

「……あ、箸を持つほう」

優馬と疾風は真顔で言い合いながら、ワガママな赤ん坊と楚々とした宮司の声がする部屋に向かった。

和の情緒が溢れる部屋に、一歩踏み入った瞬間。

「……うっ」

今までの経験から想像していた。ある程度、覚悟していたが、優馬は言葉を失った。七色の小さな怪獣が残飯の中で暴れている。

「ママ、ばぶーっ」

七色の小さな怪獣が桐《きり》の卓によじ登り、チョコレートソースのチューブを振り回した。ベチョッ。

優馬の頬にチョコレートソースがかかった。

「……翡翠、ママじゃねぇ」

七色の小さな怪獣は言わずもがな翡翠だ。桐の卓付近に散乱する残飯は、明雲がせっせと作った朝食だろう。赤色は苺ジャム、青紫色はブルベリージャム、緑色はキウィソース、黄色はカスタード、白色はヨーグルト、橙《だいだい》色はオレンジジュース、黒色はチョコレートソースだ。察するに、桐の卓には優馬と疾風の朝食も用意されていた。

「優馬ママ、怒らないでください。翡翠くんの前に優馬ママと疾風パパの朝食を並べたばあばが悪いのです」

明雲は三段重ねの重箱を手に、桜の花が咲いたように微笑んだ。優馬の初恋の相手によく似た宮司の細い肩には、目玉焼きがべったりと張りついている。

「明雲さん、いろいろと言いたいことはあるけど後でな」

おそらく、翡翠が目玉焼きを食べようとして、明雲は慌てて阻《はば》んだのだ。今もなお、七色の怪獣は目玉焼きを狙っている。

食べられないくせに。

「ママ、ママ、ばぶ～っ」

「疾風、取り押さえる。左に回れ」

打ち合わせた通り、優馬は右から回った。……右から回ったつもりだったが、左から回っていた。

そんな優馬に疾風は無表情で対応する。

「疾風、ぬかるな」

「いつもヘマを踏むのは優馬だ」

「そんな昔のことは忘れた」

「……おい」

「……あ、翡翠、落ちたプリンを食べるな」

大柄な男子大学生がふたりがかりで、七色の怪獣を桐の卓から抱き上げた。すかさず、明雲が翡翠の手からチョコレートソースを取る。

とりあえず、チョコレートソース攻撃は止まった。

「ばあば、ばあばーっ」

翡翠はチョコレートソースを奪われて寂しいのか、手足を激しくバタバタさせる。優馬は落としそうになった。

「……うわっ」

七色の怪獣が七色の汁を飛び散らせながら畳に落ちる。

……かと思ったが、疾風が渋面で抱え直した。

「優馬、ちゃんと持っていろ」

「疾風、すまない」

「……あ～っ、勿体《もったい》ない。これ、俺たちの朝飯だよな」

優馬は桐の卓に散らばっている鮭の切り身や蓮根《れんこん》のきんぴら、キノコの和《あ》え物、肉じゃがに視線を流した。明雲の手料理はどれもこれも美味しい。

「優馬くん、こちらにまだ残っています」

明雲がキープした三段重ねの重箱には、ふたり分の朝食が詰められていた。だいぶ、崩れていたけれども。

「美味《うま》そう」

ひょい、と優馬は右手で重箱に詰められていた肉じゃがを摘まんだ。

その瞬間、翡翠の小さな手が飛んできた。

「……うっ？」

翡翠は優馬が食べようとした肉じゃがを横取りしようとする。

「ママ、ばぶばぶばぶーっ」

翡翠の食い意地は侮れない。

「翡翠、まだお前は食えない」

「ばぶばぶばぶっばぶばぶばぶぶぶっばぶっばぶーっ」

おそらく、翡翠がこの中で最も食い意地が張っている。

「食いたきゃ、学食のギョーザ定食を食えるぐらい成長してみろーっ」

優馬は全精力を傾け、チビ龍に向かって凄んだ。肉じゃがを口にしたまま。

ぶわーっ。

一瞬にして、辺りは黄緑色に近い緑色のオーラに包まれる。

「……っ……翡翠?」

べリベリベリッ、とまんまるの身体を包んでいたベビー服が破れた。

す～っ、と黄緑色に近い緑色の煙が消えると、ぽちゃぽちゃした赤ん坊は消えていた。

……いや、翡翠が消えたわけではない。赤ん坊の翡翠はいなくなったが、二歳か三歳か、三歳にはなっていないのか、それくらい成長した翡翠はいた。

「……ママ、ママ、ギョーザ」

ふんっ、と翡翠は力みながら立ち上がる。

はいはいしかできなかったというのに。

「ママ、ギョーザ、がくちょく、ギョーザ」

いきなり翡翠が育った。

一瞬にして育った。

「翡翠くん、ママと一緒にギョーザが食べたくて自《みずか》ら成長されたのですね。素晴らしい食欲です。いい子ですね」

明雲はいっさい驚かず、満面の笑みを浮かべて、一瞬にして育った翡翠を受け入れた。

背後の木花之佐久夜毘売が祝福するように桜の花を舞わせる。

「ギョーザ、ギョーザなの」

突然、翡翠が成長した。

優馬はそのショックで口にしていた肉じゃがの芋を噛まずに飲み込んだ。

「……ぐっ」

芋を喉に詰まらせた。

苦しい。

息ができない。

死ぬ。

こんなことで死ぬのか。

俺の人生は報《むく》われないまま終わるのか、と優馬は大福餅を喉に詰まらせ、死にかけた夜を思いだした。そう、すべてはあの死神が現れた満月の夜から始まったのだ。死神の大きなカマから逃げるため、神様に弟子入り志願した。

もっとも、過去に思いを馳《は》せている余裕はない。

「ママ、ママ、ギョーザ、モグモグ。でかくなった。モグモグなの～っ」

翡翠の成長は外見だけではなく、その可愛い口から発する言葉にも現れていた。

「……ふっ……ぐっ……」

助けてくれ、と優馬は疾風に向かって手を伸ばす。

「翡翠が一気にデカくなった。赤ん坊の成長は早いんだな」

馬鹿野郎、一気にこんなにデカくなる人間の赤ん坊がいるわけないだろ、と優馬は言いたいが口にできない。

「……ぐぅ……ふっ……」

優馬は震える手で疾風のシャツの裾を掴んだ。

「優馬、まさか、また喉に詰まらせたのか？」

ようやく、疾風は苦しむ優馬の原因に気づいたらしい。鋭い双眸が優馬の喉に注がれた。

「……っ……ううう……」

「大福餅の次は箱根の黒たまごを喉に詰まらせて死にかけて、今朝は肉じゃがの肉か？

肉じゃがの芋か？」

　疾風は呆れ果てているらしく、助けてくれる気配はまったくない。何より、翡翠がヨチヨチと歩きだした。

　翡翠がヨチヨチ歩きで優馬に近づく。

「ママ、ママ、ママ～っ」

「……うっ……ふぐっ……」

「ママ、でかくなった。ギョーザ、モグモグなの～っ」

　ママの言う通りに大きくなったよ、ギョーザが食えるぐらいデカくなったの、誉めてよ、と翡翠のつぶらな瞳は雄弁に語っている。

　もちろん、優馬は誉められない。

　三途の川が視界に広がった。

　もう見慣れた光景だ。

　三途の川を渡ってしまいたくなる。

「優馬くん、お水を飲みなさい」

　明雲に差しだされた水を、優馬は勢いよく飲んだ。黒たまごを喉に詰まらせて死地を彷徨った時、生還した手段が大量の水だったから。

　肉じゃがの芋で死ぬなんて冗談じゃない。

結果、優馬は肉じゃがの芋との戦いに勝った。疾風の呆れ顔も風か何かのように無視する。もはや、翡翠が三段重ねの重箱に手を伸ばしても止めたりはしない。

「翡翠くん、わかっています。ばあばはちゃんとわかっています。翡翠くんはママと一緒の食べ物が食べたくて自分で成長されました。思う存分、お食べなさい」

明雲が言い切ったように、翡翠はその食い意地により、己で成長したのだろう。それは優馬にもなんとなくわかる。

「ばあば、ギョーザ」

翡翠はすっかり『ギョーザ』という言葉を覚えてしまった。しかし、三段重ねの重箱にギョーザはない。

「ママが言ったギョーザはまた今度作って差し上げます。今日は肉じゃが」

明雲は翡翠を膝に乗せ、いそいそとその口に肉じゃがを運ぶ。

「翡翠くん、美味しいですか？」

明雲が肉じゃがの味の感想を翡翠に尋ねた。

「ばあば、おいちい」

「……ああ、おいちい……美味しい、ってことですね？　おいちい、覚えましたか？」

「ばあば、おいちい。おいちい」

「美味しかったら、御礼を言ってください。ありがとう、とね」

ありがとう、は人間関係における最も大切な言葉です、と明雲はにこやかに微笑みながら翡翠に説いた。

「あ〜とう。ばあば、おいちい。あ〜とう」

「あ〜とう、を覚えたんですね。いい子ですね」

翡翠は明雲の膝にちんまりと座ったまま、物凄い勢いで言葉を覚えていった。何も知らない者が見れば、母親と小さな息子だ。

一歳か二歳か三歳か、優馬には翡翠の外見年齢の見当がつかない。同じ歳の疾風にしてもそうだ。

「翡翠、いっそデカくなるなら、成人式に出られるくらいデカくなれ」

優馬が大きな溜め息をつくと、疾風が腕を組んだ体勢で答えた。

「優馬、いくらなんでもそれは無理だ」

「疾風、もう翡翠は無理なことをしたんだ。普通の人間の子供ならこんな一気にデカくならない」

「個人差があるんだろう」

優馬と同じように疾風も育児は専門外だ。

「個人差？　本気でそう思っているのか？」

「俺は一歳で三歳と間違えられるぐらいデカかったらしい」

優馬は一八〇センチを超す長身だが、疾風はさらに上背があった。子供の頃から大柄だったようだ。

「俺は四歳で八歳用の服を着たらしい……ってそうじゃない。翡翠は脱皮したのかな……」

「脱皮？」

「……ああ、哺乳類って脱皮するよな？　何度も脱皮して大きくなるんだよな？」

「優馬に必要なのは落ち着くことだ」

疾風が切れ長の目を細めた時、来客を告げるインターフォンが鳴り響いた。明雲は翡翠の口にミートボールを運んでいるから応対できない。

優馬はなんの気なしに腕時計で時間を確かめて焦った。

「……もうこんな時間だ。義孝かな？」

果たせるかな、玄関口には氷の彫刻が立っている。……いや、氷の彫刻に等しい眉目秀麗な二階堂義孝が立っている。私立の雄《ゆう》として名高い常磐学園大学で、全校生徒の歩くお手本と化している品行方正な学生代表だ。

「優馬、おはよう」

義孝には白い龍神がついている。翡翠とは比べようのない大きさの成龍だ。

神仏に守られているか、魔物に取り憑かれているか、背後に何も存在しないか、一概には言えないが、人間はだいたいこの三種類に分類されるという。背後にいるもので人間が決まる、と優馬はシンプルに理解した。神さんに守られていたら善良な奴、魔物に取り憑かれていたら悪い奴、何もない奴は普通、と。

教えてくれたのは師匠ではなく明雲だ。

「義孝、大変なことになった」

優馬は朝の挨拶を返すこともできなかった。

「どうされました？」

「翡翠がとんでもねぇことをやりやがった」

現実主義者の疾風とは違い、義孝は目に見えない世界を否定しない。かつては月讀命を騙《かた》る魔物に取り込まれていた。

「翡翠が火でも噴いて明雲さんを消滅させましたか？」

義孝はいつもと同じように淡々と言った。

「そんなことはしていないけど……」

「翡翠が疾風を消滅させましたか？」

「そんなことはしていないけど……」

とんでもない、という出来事の差が優馬と義孝にはあるようだ。

「翡翠が社殿や拝殿を消滅させましたか？」

境内にはなんの異常も見つけられなかった、と義孝のメスで整えたように綺麗な目は暗に語っている。

「翡翠が魔物を呼びましたか？」

二階堂家は月讀命を祀っていたが、義孝の父は我欲を出し過ぎたのか、闇に塗《まみ》れてしまった。月讀命が去った後、月讀命を騙る魔物が二階堂家を支配したのだ。唯一、支配されず、辛《かろ》うじて己を保っていたのが義孝だった。自殺未遂にまで追い込まれた令息と、優馬の間にはいろいろな溝《みぞ》がある。

「そんなことはしていないけど……翡翠がとんでもないことをやりやがったんだ……まぁ、見てくれ。見ればわかる」

優馬は頭を掻きながら、義孝を促した。ほかでもない、赤ん坊から脱皮したヨチヨチ歩きの翡翠のところへ。

「じいじ、じいじ、じいじ～っ」

翡翠は義孝の顔を見た途端、屈託のない笑顔を浮かべながら手を振った。口の周りには明雲に食べさせてもらったケチャップごはんがついている。

「一晩見ないうちに成長された」

義孝はいっさい動じず、翡翠に艶然と微笑んだ。

「義孝、少しは驚け」

「翡翠は龍神です」

龍神だ、小さくても龍神だ、その一言に尽きるけれども。

「……そ、そりゃそうだけどさ。いきなり食いだして、いきなり歩きだして、いきなり喋りだして、いきなり困る。いっそいきなりなら酒が飲めるくらいのいきなり成人になってくれ。こんな中途半端ないきなり成長が一番困る」

自分でも何を言っているのかと思ったが、優馬は手を振って理解を求めた。義孝の北極を連想させる目に怯んだりはしない。

「落ち着きたまえ」

「翡翠がこんなんじゃ、大学は無理だ」

「大学側に承諾は得ている」

「こんなん、どうやって連れていけばいい？」

ボスッ。

優馬の後頭部に彦根市《ひこねし》のゆるキャラのぬいぐるみが飛んできた。振り返らなくてもわかる。投げたのは、明雲の膝でチーズ入りのウインナーを食べている翡翠だ。

「優馬ママ、翡翠くんを傷つけるようなことを言ってはいけません。めーですよ」

めーっ、と明雲が人差し指を優馬に向ける。

たったそれだけで覚えたらしく、翡翠は小さな人差し指を優馬に向けた。

「ママ、めーっ」

明雲と翡翠の人差し指攻撃に、優馬の頬はこれ以上ないというくらい痙攣《けいれん》した。

「……あ、あのな……本当にいろいろと……本当にいろいろと言いたいことがあるけど、あまりにも言いたいことがありすぎて何から言えばいいのかわからないけど、ママは止めろ……ママは禁止、頼む」

優馬の切羽詰まった願いは、翡翠を筆頭に誰にも届かない。疾風は翡翠用の荷物を詰めた鞄を手にしながら言った。

「優馬、くだらねぇことを言っていないで行くぜ。遅刻する」

疾風の言葉を理解したのか、理解しなかったのか、定かではないが、翡翠はお気に入りのパンダのぬいぐるみを抱えてヨチヨチ歩いてきた。

お見送りだ。

お見送りだと思いたい。

が、翡翠のつぶらな目は行く気満々でキラキラ輝いている。

言うまでもなく、優馬は喋る怪獣を明雲に押しつけたい。

「翡翠、いい子だ。いい子だからばあばと一緒に留守番できるな？　ばあばと一緒に美味いメシを食って待っているな？」

優馬は懇々《こんこん》と言い聞かせようとしたが、翡翠はまったく耳を貸してはくれなかった。だっこ、とばかりに両手を上げる。

「ママ、だっこ」

翡翠の無邪気な笑顔にほだされた。……いや、ほだされかけた。

「翡翠、お前も一緒に大学に行くか？」

「ママと一緒。パンパンも一緒」

パンパンも一緒、と翡翠が抱えているのはパンダのぬいぐるみだ。『パンダ』を『パンパン』と認識しているらしい。

「大学にはばあばのマンゴープリンもカボチャプリンもバナナヨーグルトもないぞ。お子様ランチもないぜ」

お前にはラーメンも激辛カレーもカツ丼も早いはずだ、と優馬は真摯な目で翡翠の口の中を覗いた。歯が何本生えているのか確かめたい。

「ふんっ」

「翡翠はいい子だからばあばとパンパンと一緒にお留守番だ……」

優馬が言い終える前に、顔面にパンダのぬいぐるみが飛んできた。ボスッ、と。

「……おい」

「ママといっちょ。パパもいっちょ。じいじもいっちょ」

翡翠は右手でぎゅっ、と優馬の手を握った後、左手で疾風の手を握った。ぶんぶん振り回してから、優馬の手を離し、義孝の手を握る。

疾風と義孝の目が心なしか優しい。それぞれ、自分に対する呼び名もすんなりと受け入れている。

「じゃあ、大学で俺のことを『ママ』って呼ぶな」

めっ、と優馬は真剣な顔で翡翠の口を人差し指で差した。ママに比べたらパパやじいじのほうがマシだ。

「ふんっ、ママ」

翡翠は頬を真っ赤にしてコクリと頷いた。

「だから、ママじゃない。俺を『お兄ちゃん』と呼べ」

優馬が仁王立《におうだ》ちで命令すると、翡翠も仁王立ちで力んだ。

「ふんっ、ママ、ママ」

「わかってもらうまで言い続けるぞ。俺は『お兄ちゃん』だ」

「お兄ちゃん」

お兄ちゃんだと翡翠が差したものは、床に落ちたお気に入りのパンダのぬいぐるみだ。

「翡翠、キサマのお兄ちゃんはパンダなのか」

優馬の爽やかに整った顔が崩れ、身体から力が抜けていく。翡翠の頭の中を覗いてみたい心境に駆られた。

「ふんっ、パンパン、お兄ちゃん」

「お兄ちゃんがパンダってことはキサマもパンダだ。結果、キサマの行き先は動物園だ。上野に行け」

「ふんっ、ママといっちょ、うえの」

がばっ、と翡翠が抱きついてくる。

「……あ、上野動物園でパンダを見ながら説明したらわかってくれるのか？」

優馬が翡翠を抱き上げると、義孝は神妙な面持ちで腕時計を指した。

「上野はいずれ」

「優馬、行くぜ」

義孝と疾風に急き立てられ、優馬は翡翠を抱いたまま玄関に向かって歩きだした。いつの間に拾い上げたのか、きっちりと翡翠の手にはパンダのぬいぐるみが握られている。

「翡翠、俺はこれから『お兄ちゃん』と呼ばない限り、返事をしない。いいな？」

「ふんっ、ママ」

「返事をしないぜ」

「ママ、プリン」

「これからプリンがない世界に行くんだ。怖い教授がたくさんいるし、意地悪な学生がたくさんいるんだ。俺は誤解されるらしくていろんな奴から嫌われている。お前もいじめられるかもしれない。いやなら、帰れ……帰ろうな、ばあばのところに帰ろう」

疾風の愛車の前、優馬は最後の賭けに出たが無駄だった。結局、優馬は翡翠を抱いて黒のフェラーリに乗り込む。

疾風は運転席に座ると、一声かけてからアクセルを踏んだ。優馬や翡翠、義孝を乗せた黒のフェラーリは、あっという間に鬱蒼《うっそう》とした木々に囲まれた月讀神社を後にする。

「ママ、ぶーっ、ぶーぶーっ」

翡翠は車窓の向こう側を眺め、興奮したように手足をバタつかせた。

「ぶー？　ブタの真似か？」

「ぶーぶーっ。ぶっぶーっ、いっぱい」

翡翠の小さな指先は、車道を走る車やトラックだ。心なしか、はしゃぎっぷりが今までと違った。

「……あ、もしかして車のことか？　車が好きなのか？」

「ぶっぶーっ。ママ、ぶっぶーっ。パパ、ぶぶっーっ。じいじ、ぶぶぶーっ」

「翡翠、ブタみたいだ。煩《うるさ》い」

「ママ、めーなの」

「だから、何度でも言うぜ。俺は『お兄ちゃん』だ」

疾風がハンドルを握る車内で、優馬と翡翠の攻防戦は続いた。優馬にとっては決して負けられない戦いだ。

疾風と義孝は一言も口を挟まないが、呆れられていることはわかる。それでも、優馬は構っていられなかった。

ママだけは。

ママだけはなんとしてでも阻止したい。

なのに。

それなのに。

大学の駐車場で優馬は翡翠を抱いて黒のフェラーリを降りた。その途端、翡翠は完熟リンゴのような顔で騒いだ。

「ママ、ママ、ぶーなの。ぶーぶーぶーっ」

どうやら、翡翠は疾風の愛車が気に入ったらしく降りたくないようだ。首まで真っ赤にして、車の中に戻ろうとする。

「翡翠、ママじゃない。お兄ちゃんだっ」

「ふんっ、ママ、ふんっ、ママっ」

「だから、ママじゃねぇーっ」

優馬がどんなに力んでも、翡翠にはまったく通じない。義孝と疾風に促され、翡翠を抱いたまま校舎に向かった。

「優馬、ベビーカー使用の許可もいただいた。使用したまえ」

義孝は学校側の信頼が厚く、翡翠に関して多くの譲歩を引きだしている。優馬だったならば、間違いなく、未婚の父としてなんらかの注意を下されたに違いない。今までの不器用極まりない自分ならば、墓穴を掘り、休学になっていた可能性もある。

「そんなの、ベビーカーなんて使ったら悪目立ちするだろ」

翡翠は抱いていても手足をバタバタさせ、ちっともおとなしくしていない。ただ、泣かないからマシだ。泣く子も黙る疾風の強面《こわもて》に慣れているからか、剣道部所属の逞しい学生と擦れ違っても笑っていた。

「今さらではないですか？」

義孝に指摘されるまでもなく、キャンパスを行き交う学生の視線を一身に感じる。優馬は背中に突き刺さる視線が痛い。

「言っとくけどな、翡翠の存在も注目の的だが、義孝と疾風も注目の的だ」

優馬にしろ疾風にしろ義孝にしろ、三人揃って長身だ。ひとりでも目立つのに、三人揃えばいやでも目立つ。そのうえ、優馬がチビッ子を抱いているからさらに目立つ。それ以前、義孝と疾風は一挙一動、全校生徒の注目を集める存在だった。

「僕は疾風ほど注目されていない」

義孝が貴公子然とした態度で言うと、疾風は驚愕したように雄々しい眉を顰めた。

「おい、学生代表、下手な冗談はよせ」

優馬でもあるまいし、と疾風は横目で優馬を眺めながら続けた。無敵のアウトローと評判の強面は、不器用な優馬をよく知っている。

「疾風、君の身上は日課のように僕の耳に届いていた」

どこかのギャングをひとりで壊滅させただの、どこかの暴走族をひとりで壊滅させただの、目が合っただけの学生を半殺しにしただの、教授を病院送りにしただの、義孝が指摘したように、優馬も疾風の噂は知っていた。一言で言い表すならば、疾風は近寄り難い男だ。

「学生代表、そのセリフはそのままそっくり返す」

疾風が言い返した通り、義孝は首席で入学して以来、ずっと首席で独走している秀才だ。常に真上から見下ろしているような風情が漂っているから、反感を持たれることはあるが、誰も文句がつけられない。資産家の跡取り息子であり、学園内だけでなく他校にも特別な彼女に立候補している美女が多かった。一言で言い表すならば、義孝は近寄り難い男だ。

「疾風、義孝、お前らふたりが目立ちすぎる奴らなんだ」

俺はこんなすごい奴らとつき合うようなタイプじゃなかった、と優馬は寂しい友人関係を思いだした。

近寄り難い男がふたり、優馬の左右にいる。よくよく考えてみれば不思議だ。月讀命の弟子になって以来、想像を絶することがあまりにもありすぎてどこか麻痺していた。

「お前にもそのままそっくり返す」

疾風が不遜な態度で言うと、義孝も同意するように相槌を打った。

「俺は単なる平凡な学生……」

優馬が自分について言及した時、目の前にやたらと体格のいい学生の集団が現れた。武道系のクラブに所属している学生だ。

「優馬くん、あのニトロを壊滅させたとは素晴らしい。俺たちは優馬くんの下につきます」

ガバッ、と体格のいい学生たちの集団は、いっせいに優馬に向かって頭を下げた。

「……へっ？　……あ、あぁ？　誤解だ。俺がニトロっていうギャングを壊滅させたわけじゃない」

優馬の前でニトロという凶悪なギャングは崩壊した。しかし、優馬の力で崩壊させたわけではない。

「優馬くん、ご謙遜《けんそん》はやめてください。関東一円のギャングのトップです」

「……そ、それ、真っ赤な嘘だから本気にするな」

「関東一円のトップだから、あの狂犬と学生代表をパシリにしているんでしょう？」

「疾風と義孝はパシリじゃねぇ」

　優馬はパシリではないと公言したが、疾風と義孝はそれぞれ優馬の荷物、すなわち翡翠の荷物を持っていた。未だかつて狂犬と揶揄《やゆ》される無敵のアウトローと品行方正な優等生に、荷物持ちをさせた者はひとりもいない。

「西門に湘南のチームが挨拶に見えられています」

「……俺はこれから講義だから」

「講義なんて受けるんですか？」

「当たり前だっ」

　噂には尾鰭《おひれ》がつき、勝手に暴走して、本人から遠くかけ離れたリベラルアーツ部の小野優馬を作りだしていた。

「疾風、義孝、走るぜっ」

　優馬は一声かけると、翡翠を抱いて猛ダッシュを切った。疾風と義孝は言われるがまま、優馬についていく。

　傍から見れば、優馬の命令に従ったふたりだ。

「小野優馬、すげぇ。あの氷の優等生とあの血塗れの狂犬を手なずけたんだ」

　優馬本人からかけ離れた噂が、さらにおかしくなったのは言うまでもない。夏期休暇明け、最大の注目の学生は、ほかでもない優馬だ。

優馬は講義がある階段教室に、そっと入ったつもりだ。けれども、胸に抱いた翡翠が雄叫びを上げた。

「お兄ちゃん、お兄ちゃん、お兄ちゃん、いっぱい」

優馬は騒ぐ翡翠の口を手で押さえ黙らせた。

「翡翠、黙れ」

ガブリッ。

「……痛っ」

翡翠に勢いよく噛まれ、優馬は慌てて手を離す。左右にいる疾風と義孝から冷たい視線を向けられた。

「……優馬くんの子供……優馬くんの子供なのか?」

活発な学生が興味津々といった風情で翡翠を覗き込んだ。

「お兄ちゃん、こんちゃーっ。こんちゃちゃ〜なの」

翡翠が屈託のない笑顔を浮かべ、小さな手を差しだす。握手、とばかりに。

活発な学生の頬が自然と緩み、翡翠の小さな手を握った。

「こんにちは。可愛いな」

活発な学生は満面の笑みを浮かべると、高級ブランドのロゴが刻まれた鞄からバータイプのチョコレートを差しだした。

「食えるか？」

翡翠はつぶらな目に星を飛ばし、差しだされたチョコレートバーを遠慮せずに受け取る。

「お兄ちゃん、あ〜とう。あ〜とう」

「あ〜とう？　ありがとう、の略語かな？」

可愛いな、とあっという間に、優馬の周りに学生が集まる。それぞれ、手にはキャンディーやクッキーなど、翡翠が喜びそうなお菓子があった。

あんなにお兄ちゃんを教えても俺をお兄ちゃんと呼ばねぇのにどうして初めての奴らをお兄ちゃんと呼びやがる、と優馬は胸に抱いたワガママ大王を見下ろした。

「きゃっきゃっきゃっ、お兄ちゃん、お姉ちゃん、あ〜とぅ」

翡翠が山盛りのお菓子を手にはしゃいでいると、厳しさでは定評のある老教授が階段教室に入ってきた。

すぐに翡翠の周りに集っていた学生たちはそれぞれの席につく。ピンッ、と張り詰めた空気が階段教室に流れる。

　優馬は翡翠を抱え直し、倚子に腰を下ろした。目を凝《こ》らせば、老教授には学問の神様として名高い菅原道真《すがわらのみちざね》がついていた。なるほど、と優馬は感心してしまう。

「諸君、夏期休暇の間……」

　老教授が嗄れた声で喋りだした途端、翡翠が声を張り上げた。

「お兄ちゃん、こんちゃちゃ～っ」

　……な、何を言いやがる、ハゲジジイに向かって、と優馬は慌てて翡翠の口を手で塞ぎながら小声で詫びた。

「……す、すみません……痛っ……」

　ガブリッ、と優馬は翡翠に手を囓《かじ》られてしまう。守るかのように左右に腰を下ろした疾風と義孝の視線は、これ以上ないというくらい冷徹だった。同じ過ちを何度犯せば気がすむのか、とふたりの目は雄弁に苦言を呈している。

「小野優馬くんだね。教務部から連絡は受けている。虐待《ぎゃくたい》はやめたまえ」

　老教授に険しい顔つきで注意され、優馬は思いきり動揺した。

「虐待？」

　講義中に騒がせないため、翡翠の口を手で塞いだら虐待なのだろうか。当の翡翠本人は無邪気にも老教授を手招きしている。

「元気のいい子だ。名前は？」

老教授はゆったりと教壇から下り、手招きする翡翠に近づいてきた。

「……ふんっ、ひちゅっ」

名前を問われたとわかったのか、翡翠は笑顔全開で名乗った。優馬は翡翠が机によじ登ろうとするのを止めるのに必死だ。

「……翡翠です」

優馬は翡翠の名を老教授に告げた。

「翡翠くんか。いい名前だ」

老教授が滅多に見せない優しい笑顔で翡翠を覗き込む。あのお固い教授が嘘だろ、といった小声が教室のあちこちで驚嘆の息とともに聞こえてきた。

しかし、さらに度肝《どぎも》を抜く爆弾を投下。

「お兄ちゃん、ない？　ないない？」

翡翠は小さな手で老教授のツルリと光る頭部を撫でた。そう、老教授の頭部の前半分は髪の毛と永遠の別れをしていた。

……ひっ、これで追試確定、と優馬はべらぼうに矜持の高い老教授から説教を食らうことを覚悟した。

教室内のあちこちから小さな悲鳴が漏れる。留年確定、と同情するように呟いた学生が何人もいた。

　それでも、翡翠は心配そうな顔で老教授の光る頭部を撫で続ける。老教授も翡翠の手を避けようとはしない。

「翡翠くんは私のような頭部の持ち主が珍しいのかな？」

「ぶるぶる？」

　翡翠は優馬が机に置いていたハンドタオルを老教授の光る頭部に載せた。どうやら、老教授に髪の毛がなくて寒いと心配したらしい。

　翡翠なりの優しさなのか。……優しさなのかもしれないが、優しさならばもっと違う形で示してほしい、と優馬は縋るように右側にいる義孝の手を叩いた。恐ろしくて、老教授の顔が直視できない。

　もっとも、学校側に最高の評価を受ける優等生は、いつもと同じように平然としている。疾風にしてもそうだ。

「……ありがとう。おかげで暖かい」

　老教授は激昂するどころか、翡翠の涎《よだれ》が染み込んだハンドタオルを頭部に載せたまま、慈愛に満ちた声音で礼を言った。

「お兄ちゃん、げんき」

「いい子だ。優しいね」

　老教授は翡翠の頭を優しく撫でながら、顔を机に伏せている優馬に語りかけた。

「小野優馬くん、親戚の子供を預かっていると聞いた」

老教授に名を呼ばれたら、優馬は顔を上げなければならない。

「……はい。俺にしか懐かなくて……その……俺が預かる羽目《はめ》に……俺がそばにいないと泣いて暴れて大惨事に……すみません。わけがわからない子供なんです」

優馬は老教授の頭部のハンドタオルを見るや否《いな》や頭を下げた。

ハンドタオルを取っていいものか。取っていいんだよな。俺が取らなきゃ駄目なんだよな、と優馬が迷っている間にハンドタオルは老教授のツルツルと光る頭部からスルリと落ちた。

「親御さんは？」

「父親はどこで何をしているのかわかりません。死んでいないことは確かです。破産している可能性も警察に追われている可能性もないです」

嘘はついていない。今現在、月讀命がどこで何をしているのか、優馬には見当もつかない。ただ、曲がりなりにも特に貴《たつと》いという三貴子《みはしらのうずのみこ》の一柱《いちはしら》だから、死んでいたり、破産していたり、犯罪者にはなってはいないはずだ。

「母親は？」

老教授の問いかけに、翡翠が明るい声で答えた。

「お兄ちゃん、ママ」

翡翠の小さな指先は、優馬に向けられている。

「……ママ？　翡翠くんのママかね？」

老教授の目はあどけない翡翠の顔から凛々しく整った優馬の顔に注がれた。教室中になんとも言い難い声が上がる。

「ふんっ、ひちゅのママ」

動転して優馬の手が離れた。その隙に翡翠は机によじ登り、仁王立ちで宣言した。おおーっ、という男子学生の野太い歓声が上がる。

「俺が産んだわけじゃありません。俺は卵なんて産めません。俺は哺乳類のオスです。信じてくださいっ」

このままじゃヤバい、俺が翡翠の母親だ、性別を疑われる、人種も疑われる、と優馬は血相《けっそう》を変えて立ち上がった。

「心配しなくても君が出産したとは思ってない」

「……は、はい」

よかった、と優馬は安堵の息を漏らしたが、左右に座る友人たちは呆れ返っていた。その一角だけツンドラブリザード。

「私の母は私を産んで十日後に亡くなった。私は母を知らずに育っている。父は忙しくて構ってもらえず、祖父母はすでに鬼籍《きせき》に入っており、雇い入れた乳母は五人立て続けに亡くなり、不吉な子供と嫌悪された私は住み込みの書生《しょせい》に育てられた」
幼い私はその書生を『母上』と呼んでいた、と老教授はどこか遠い目で在《あ》りし日につい
て明かした。
「……苦労されたんですね」
優馬が思ったままを口にすると、老教授は威厳に満ちた態度で否定した。
「苦労だとは思ってない。私は亡き母にも亡き父にも母代わりの書生にも無償の愛を注が
れた。だからこそ、こうやってこの教壇に立っている」
老教授はどんな逆境にも屈せず、学問一筋に精進し、学会でも一目置かれている立派な
学者だ。老教授を加護している菅原道真はどこか誇らしそうだった。
「……す、すみません」
「君が詫びる必要はない。ここは教室であり、自由に意見を言い合う場です」
「……はい」
「翡翠くんがいるからちょうどいい。我がリベラルアーツ学科の特権です。今日は『子供』
についてディスカッションしよう」
老教授は翡翠の存在にいたく触発されたらしく、急遽、講義内容を変えた。当然のよう
に、誰ひとりとして異議は唱えない。
率先して手を挙げたのは、ほかでもない翡翠だ。

「ふんっ、お兄ちゃん」

「翡翠くん、君も忌憚《きたん》ない意見を述べたまえ」

「ふんっ、ばあばのプリン、おいちい。ママのプリン、めっ」

翡翠、何を言っているんだ、と優馬が下肢をわなわなと震わせた。しかし、老教授は真剣な顔で翡翠の言葉を読み取った。

「……察するに、小野優馬くんの作るプリンが口に合わないのかね？」

「ふんっ、ばあばのかぼプリン、おいちい。ママのかぼプリン、めっ」

「翡翠くんのママは料理の勉強をする必要があると見た」

老教授の言葉に呼応するように、女子学生から美味しいプリンの作り方の発言があった。炊飯器や電子レンジで作るプリンの発言も出た。

「……勘弁してください」

優馬は頭を抱え込んだが、プリン談義で熱くなる。手作りに拘《こだわ》るな、という意見とともに老舗の洋菓子店の定番である絶品のプリンや幻のプリンについての発言も飛びだす。各界に優秀な逸材を輩出し続ける常磐学園大学の講義で、白熱したプリン談義が交わされたのは初めてだろう。

優馬は言わずもがな、義孝や疾風もプリン談義に入らなかった。

ただ、話がどんな方向に進んでも、プリン談義の中心は翡翠だった。前代未聞の講義は

『愛ある手作りプリンに勝《まさ》るプリンなし』で終わる。そのうえ、レポートの課題も『愛ある手作りプリン』であり、実地データの添付もしなければならない。つまり、実際にプリンを作れ、ということだ。

プリンを作れ、という実習課題に優馬の背筋は凍りつく。両脇にいる友人たちに動揺は見られないけれども。

「小野優馬くん、翡翠くんに美味しいプリンを作ってあげなさい」

老教授の締めくくりの言葉の後、女子学生からプリントアウトされたプリンのレシピを手渡される。

「優馬くん、プリンは意外と簡単に作れるから、ちゃんと愛情を込めて作ってあげるのよ。工場の大量生産の安いプリンは二度と駄目」

「優馬くん、かぼちゃプリンのかぼちゃは有機《ゆうき》かぼちゃを使ってね。カスタードプリンだったら、カラメルもちゃんとお砂糖と水から作るのよ」

「優馬くん、こんな可愛い子にディスカウントショップの値引きプリンなんて食べさせちゃ駄目よ」

老教授を始めとして学生たちは全員、優馬の敵に回った。……いや、翡翠の屈託のない笑顔にやられた。

翡翠がワガママ大王とも知らずに、と優馬が心の中で零したのは言うまでもない。

もっとも、次の名誉教授の講義でも、議題の中心は翡翠になった。なぜ、哲学の講義でヨーグルトについて議論するのか。デカルトやカントやショーペンハウアーはどこに行ったのか。トルコのヨーグルトだのギリシャのヨーグルトだのロシアのヨーグルトだの各国のヨーグルト事情は哲学か。

名誉教授による哲学の講義でも『愛ある手作りに勝るヨーグルトはなし』という結論が導きだされた。

名誉教授以下、受講生たちから注がれる手作りプレッシャーが凄まじい。優馬の前に何種類ものヨーグルトのレシピが用意された。

さ〜っ、と優馬の血の気が引く。プリン作りだけでも頭が痛いのに、ヨーグルトまで増えたらおしまいだ。

「……鄧小平《とうしょうへい》は言いました。黒い猫でも白い猫でも鼠《ねずみ》を捕るのが良い猫だ、と。ヨーグルトも同じです。市販品でも安くても添加物がてんこ盛りでも食えるのがいいヨーグルトだ」

食えりゃなんでもいい、という優馬の主張は即座に却下された。左右にいる友人たちの目が北極の氷になったのは、気のせいだと思いたい。

優馬の苦悩とは裏腹に、翡翠は手足をバタバタさせて笑った。

午前中の講義を終え、優馬は翡翠を抱いて大学の敷地内にあるカフェテリアに向かう。学生でごった返す食堂ではなく、強気の値段設定の穴場的なカフェだ。

「……参った。マジで参った」

優馬の苦悩を疾風と義孝は風か何かのように無視する。翡翠は擦れ違っただけの学生にも笑いかけ、チョコレートやキャンディーをもらった。

「お姉ちゃん、あ～とぅ」

翡翠は手にしたスイーツにほくほく顔だ。当然のように自分では持ちきれず、疾風と義孝が手分けして持っている。

「翡翠、お前は笑ったらお菓子がもらえると思い込んでいないか？」

「ママ、あ～とぅ」

翡翠が小さな指で指した先は、カフェテリアの壁に貼られたアイスクリームのポスターだ。食べさせてもらえる、と思い込んでいるのは間違いない。

「俺はその手には乗らねぇぜ」

「ママ、あ～とう。あ～とう。あ～とうなの」

「俺をナメるな」

優馬は確固たる意志で、カツカレーがメインの日替わりランチときつねうどんを注文する。カフェテリアにいる学生たちの視線が集中するが、優馬は構っていられない。義孝と疾風という二大近寄り難たい男の存在のせいか、堂々と話しかけてくる学生はいなかった。翡翠は優馬の膝にちんまりと座り、うどんを自分の指で引っ張って食べた。ツルリ、と一本途中まで食べては、ツルリ、とテーブルに零す。

「……おい、食わせてやる。食わせてやるから」

優馬がどんなに懇願しても、翡翠は自分の手でうどんを口に運ぶ。翡翠と優馬はうどんの汁に塗れたし、テーブルや床も悲惨だ。

「翡翠、自立心旺盛《おうせい》でよろしい」

義孝はうどんの汁を飛ばされても、顔色一つ変えず、翡翠の成長を褒め称《たた》える。一番被害を被る優馬はそれどころではない。

「……翡翠、熱い……顔に飛んだ……テーブルに落ちたのも食うのか？　……うわっ、テーブルによじ登るな……ああ、俺が食わせるから口を開けろ」

翡翠はうどんを食べていたかと思えば、テーブルによじ登ろうとする。さらに、優馬の肩を目指す。

「ふんっ、ひちゅ、おとこのこ」

「それがどうした？」

「ママ、もぐもぐ」

翡翠は小さな手でナプキンを掴むと食べようとした。

が、すんでのところでナプキンを奪い取る。

「翡翠、ナプキンは食えない……疾風、いないふりしないで手伝え」

優馬は『子育て仲間』というラインのメンバーを真顔で見据えた。やんちゃな怪獣はひとりで世話できない。

「……俺？」

疾風の切れ長の目が細められ、なんとも言い難い迫力が漲る。気の弱い学生ならばそれだけで震え上がってしまうだろう。

「翡翠に零さないように食わせろ」

「無理だ」

「たくさんの美人を妊娠させた噂を持つお前ならできる。俺が知る限り、お前は三児の父だ……いや、四児の父だったかな」

優馬と疾風が言い合っていると、翡翠の無邪気な笑顔にいてもたってもいられなくなったのか、遠巻きに見ていた女子学生たちがいそいそと近づいてきた。

ぴょんっ、と翡翠は優馬の膝から飛び降りてしまう。

「……翡翠？」

翡翠がヨチヨチと歩くと、女子学生たちのグループは歓喜の声を上げた。競うように、女子学生たちは翡翠を抱く。

　スプーンで翡翠の口にクリームリゾットが運ばれた。

「翡翠くん、あ～ん。あ～んして」

　翡翠はいやがらず、口に運ばれたクリームリゾットを食べた。小さな手を振り回し、甲高い声を上げる。

「……あ、あいつ、俺が食わせてやる、って言っても自立心だとか自我の芽生えだとかなんとかで食わなかったくせに女の子だったら……あいつ……」

　さすが、チャラ男神の龍神、と優馬は呆気に取られたが、疾風に抑揚のない声で注意された。

「この隙に食え」

「……そ、そうだな。ワガママ大王が復活したら俺はおちおちメシも食っていられない……と、義孝は？」

　ふと気づけば、隣でパスタランチを食べていた義孝がいない。

「女に呼ばれた」

「……女？　……あ？　あれ？」

　優馬が開放的なカフェテリア内を見回せば、柵のようにいくつも並んだベンジャミンの鉢植えの前に義孝と英文科一の美女がいた。何やら、ふたりの雰囲気は異様だ。……いや、義孝は普段となんら変わらないが、英文科一の美女がだいぶ興奮している。

「ウザい女だ」

疾風の辛辣《しんらつ》な言葉に、優馬は思い切り戸惑った。

「ウザい女って……あんな凄い美人……ああ、義孝に迫っているのか。勇気があるな」

義孝が数多の女子学生に秋波《しゅうは》を送られているのは周知の事実だ。けれども、義孝本人は誰ひとりとして相手にしたことがない。

「自分に自信があるんだろう」

「そうだろうな。自信がなきゃ、あんなに堂々と義孝に迫れないよな……うわっ、とうとう泣きだした……」

英文科一の美女は義孝の胸に縋って泣きだした。

だが、義孝は依然として氷の彫刻の如《ごと》くいっさい動じない。慣れているといってしまえばそれまでかもしれないが、根本的に何かが違うのかもしれない。

「泣き落としは女の常套手段《じょうとうしゅだん》だ」

「泣き落とし？」

「意外と義孝は紳士だ。俺ならすぐに立ち去る」

疾風は恐怖の対象だが、美女との艶聞《えんぶん》には事欠かない。優馬は分厚いカツを咀嚼《そしゃく》し、疾風への鬱憤を封じ込めた。

「お前も義孝も『子育て仲間』のメンバーだが殴りたくなった」

「何を言ってやがる」

「女の子との縁もなかったのに子持ちになってみろ。モテ男が恨めしくなるんだ……あ～あ、とうとう大声で泣きだした。翡翠も気づいたぜ」

英文科一の美女は恥も外聞もなく、氷の彫刻に縋って大声で泣きじゃくる。翡翠は今が旬のアイドルによく似た女子学生の膝に座り、苺のシュークリームを食べさせてもらっていた。それでも、つぶらな目は号泣する美女に注がれる。

「悲劇のヒロインを演じているつもりさ」

疾風は抑揚のない声で英文科一の美女の心情を語った。

「悲劇のヒロイン？　……あ、悲劇のヒロインにワガママ大王がヨチヨチ歩いていった。どう考えてもその姉ちゃんはチョコやクッキーをくれないぞ。やめろ」

翡翠はヨチヨチと号泣している英文科一の美女と義孝に近づいた。そうして、義孝に向かって小さな指で差した。

「じいじ、めっ、めっ、めーなの」

翡翠は顔を完熟トマトのように真っ赤にして怒っている。義孝はなんら翡翠のプライドを傷つけたりはしていないというのに。

「翡翠、僕が彼女をいじめていると思っているのか？」

義孝の背後にいる白い龍がそうさせているのか、義孝は翡翠に詰《なじ》られている理由に気づいたらしい。

「じいじ、めーなの。めーなの」

「誤解しないでほしい」

氷点下の貴公子は女性には冷たくても翡翠には甘い。宥めるようにポケットからスイス製のチョコレートを取りだした。

普段、義孝はチョコレートを持ち歩くようなタイプではない。翡翠のために特別、用意していたのだろう。それは確かめなくても、優馬にはわかる。

結果、翡翠はスイス製のチョコレートに釣られた。

けれど、英文科一の美女の涙は止まらない。

「義孝くん、今すぐつき合ってくれなんて言わない。ほんの少しでいいから私のことを考えて」

「君の想いには応えられない」

「私が想い続けるぐらい構わないでしょう」

「君のためにならない。僕のことは諦め、君は君の人生を歩みたまえ」

「義孝くんを想い続けることさえも許してくれないの？」

英文科一の美女がヒステリックに叫んだ時、そのスカートの裾を翡翠は引っ張った。

「お姉ちゃん、えんえん?」

「……え?」

「お姉ちゃん、えんえん。えんえんなの。えんえん～っ」

翡翠は自分の外れかかっていた前かけを取り、英文科一の美女の涙を拭いた。

……馬鹿、その前かけは汚い、怒られるだろ、その美人は女王様タイプだ、と優馬は慌てて立ち上がる。

「……ありがとう。慰めてくれるのね?」

英文科一の美女は怒るどころか、嬉しそうに翡翠を抱き締める。

「お姉ちゃん、わんわん。わんわん」

翡翠は明雲からもらった犬の形のチョコレートを手渡した。気に入ったから食べずにベビー服のポケットに入れていたのだろうに。

「ありがとう。チョコをくれるのね」

翡翠は義孝にこっぴどくフラれた英文科一の美女を慰めた。氷点下の貴公子こと秀麗な優等生は、意表を突かれたらしく、その場に立ち尽くしている。

カフェテリアの主役も翡翠だ。

優馬といえば、なんの前触れもなく出現した筋肉隆々の学生集団に囲まれ、身動きが取れなくなった。

「優馬さんは渋谷のチームも湘南のギャングも指定暴力団・斯波東和会系笠谷組も制圧した無敵のキングです。どうか優馬さんの荷物持ちに加えてください」

現役プロレスラーとなんら遜色のない武闘派学生に深々と頭を下げられ、優馬は盛大に顔を引き攣らせた。

「それは全部ガセネタ」

優馬がきっぱりと否定すると、空手部所属の生徒が口を挟んだ。

「常磐の影のドン、そんな嘘をついても無駄です。影のドンでなきゃ、あの狂犬もあの総代も従えられない」

「疾風と総代は子育て仲間だ」

「どうして、そんな見え透いた嘘をつくんですか？」

「嘘じゃない。子育てで知り合った縁だ。子供が成人するまでふたりとも逃がしてやらない」

カツカレーはまだ半分も残っている。なれど、優馬には次から次へと舎弟《しゃてい》志願の逞しい学生が集ってくる。

「……おちおちメシも食っていられねぇ」

逃げるぞ、と優馬は疾風や義孝に視線を流した。ふたりは無言で承諾してくれるが、いつの間にか、翡翠は英文科一の美女に抱かれ、ミルフィーユがトッピングされたチョコレートパフェを食べている。口の周りはチョコレートでどろどろだ。

「翡翠、何をやっているんだ」

あっという間に、翡翠を膝に乗せた英文科一の美女の周りには、スイーツを持参した女子学生が集結した。まるで、翡翠のハーレムだ。

おそらく、翡翠を強引に連れだしたら女子学生のブーイングを受ける。しかし、このままこの場に留まっていたら、続々と無敵のキングの傘下希望学生が集まってしまう。

一時退散、翡翠は女子たちが見てくれてるから大丈夫だろう、と優馬は逃げるようにトイレに避難しようとした。

その瞬間、翡翠は大声で喚きまくった。

「ママ、ママ、ママ、ママ、ママーっ」

どんな美女に囲まれ、どんなスイーツを用意されても、翡翠はママこと優馬の姿が見えなければ騒ぎまくる。

ママ、という言葉に反応する女子学生たちの視線が辛い。

「……ど、どうしたらいいんだ」

優馬は何度目かわからない溜め息をついた。こんな時でも泰然としている疾風と義孝が憎たらしくなる。同時に頼もしいけれども。

依然として、次の講義も翡翠の独壇場だった。テレビ番組にレギュラー出演している名教授は、翡翠を抱いたまま講義をする。

急遽、変更になったテーマは『少子化時代におけるシングルファザー』だ。

「私の講義に子連れ参加は大歓迎です。この少子化の時代、未来を託す子供を誕生させ、育てることは我が国で最も重要なミッションです。このミッション以上に大切だと思うミッションがあれば発言してみなさい」

仕方がないのかもしれないが、名教授は翡翠が優馬の実子だと思い込んでいる。ほかの学生たちにしてもそうだ。

翡翠は年金制度を支える納税者じゃなくてチビ龍だぜ、どんなにメシを食わせても将来の日本なんて背負ってくれねぇぜ、と優馬は心の中でポツリポツリと零す。いろいろな意味で複雑な心境だった。

それでも、今までとは違う。周囲の自分を見る目が以前のように尖っていない。優馬は自分に対する風向きが変わったことに気づいた。

不思議なもんだな、と優馬はこれまで辛辣な視線を向けてきた男子学生を眺める。打って変わって優しい。気持ち悪いぐらいに。

そうこうしているうちに、本日の講義はすべて終わり、優馬は翡翠を抱いて階段教室を出た。

「小野優馬さん、お荷物、お持ちします」

例の如く、無敵の帝王に弟子入り希望する肉体派学生が待ち構えていた。

「……いや、荷物なら子育て仲間が持ってくれているから」

優馬の背後には荷物を持った疾風と義孝がいる。言わずもがな、どちらも、荷物持ちをするような男ではない。

「俺もパシリに加えてください」

「子育て仲間は子育て仲間であってパシリじゃない。じゃあな」

優馬は翡翠を抱いたまま、猛スピードで走りだした。後から肉体派学生が追ってくるが、振り向かずに疾走する。

走った。

とりあえず、優馬は走り続けた。

「……あれ？　ここはどこだ？」

いつの間にか、見覚えのないところに入り込んでいた。長い歴史を持つ名門大学の広大な敷地内、迷路のように入り組んでいる場所もある。背後にいるとばかり思い込んでいた疾風と義孝がいない。

「ママ、パンパン」

翡翠は古い焼却炉の奥を差す。

「パンパン？　ここにパンダはいねぇだろ？」

「パンパン」

果たせるかな、パンダを象《かたど》ったチョコレートを手にした線の細い学生が立っていた。にっこりと微笑み、翡翠にパンダ形のチョコレートを手渡す。

「お兄ちゃん、あ～とう」

翡翠は笑顔でパンダのチョコレートを受け取るが、優馬は線の細い学生に礼が言えなかった。

「……翡翠、近寄るな」

はっきりと視える。

線の細い男の背後には、角が二本生えた赤黒い鬼がいる。

アウト、魔物だ、危険だ、と優馬の瞼に赤信号が点滅した。

「リベラルアーツ部リベラルアーツ学科の小野優馬といえば、ルックスを鼻にかける傲慢さと口の悪さで嫌われ者だったはず。いったいどんな手を使って、あの諏訪疾風と二階堂義孝を手なずけたんだ？　どんな弱みを握った？」

線の細い学生の手にはスタンガンが握られていた。シュルルルルル、と背後の赤黒い鬼が威嚇《いかく》するように舌を出す。

赤い舌の先は二つに割れていた。

「……去年、胡散臭い新興宗教にハマって休学した経済学部の近藤史行《こんどうふみゆき》じゃないか？」

優馬は守るように翡翠を抱え直す。

「……胡散臭いと侮辱《ぶじょく》するとは、聞きしに勝る口の悪さ。僕は神の生まれ変わり……あ……」

完全に乗っ取られ、近藤の意識が消えた、と優馬はなんとなくだが背後の赤黒い鬼の動きで気づいた。

「月讀命の弟子じゃな？」

月讀命の知り合いなのか、赤黒い鬼が直《じか》に語りかけてくる。

「……そ、そうだけど？」

「覚悟せい」

赤黒い鬼は手にしていた金棒を優馬の頭上に振り下ろす。

「……ちょ、ちょっと待てーっ」

優馬は翡翠を守るように身体を丸めた。

「月讀命の弟子、滅べーっ」

ガツンッ。

やられた。

金棒に頭をカチ割られた。

ドサッ、と倒れた。

……倒れたと思ったが倒れなかった。

優馬は無傷の自分と、目の前に倒れた近藤の細い身体を確かめる。背後の赤黒い鬼は黄緑色に近い緑色の炎に焼かれた。

「くぉくぉくぉくぉくぉ〜ん」

緑色の小さな龍が緑色の火を噴き続ける。

「……ひ、翡翠？」

力の限り抱き締めていた翡翠がいない。握り締めているのは、翡翠が着ていた淡い黄緑色のベビー服と抱いていたパンダのぬいぐるみだ。

「くぉくぉくぉくぉくぉ〜ん、くぉ〜ん」

どんなもんだい、と翡翠はドヤ顔で緑色の火を噴き続けた。ガタガタガタガタッ、と古い焼却炉が揺れる。そのうえ、どこからともなく地鳴りが響いてきた。

「……ひ、翡翠、助かった。ありがとう。戻ってくれ」

どんなに楽観的に考えても、龍神と化した翡翠が噴きだす炎は危ない。頑丈な造りの校舎まで揺れてきた。

「くぉくぉくぉ〜ん」

「もういいから戻れ。頼むから戻れ。まさか、戻れないのか？　戻り方を忘れたのか？」

そんなに馬鹿じゃないよな、と優馬は喉まで出かかったが、すんでのところで思い留まった。しかし、遅かった。

「くぉ～ん」

翡翠から顔面に緑色の炎を食らって、優馬は背中から倒れた。

「……痛」

どんなに小さくても翡翠は龍神だ。決してそのべらぼうに高いプライドを傷つけてはいけない。それは肝に銘じているけれども。

「くぉ～ん、くぉ～ん」

心なしか、チビ龍の鳴き方が変わった。風向きも変わる。優馬は人の気配を感じ、立ち上がりながら、背の高い菩提樹に視線を流した。

黒い塊。

そう、黒い塊が近づいてくる。

「ニトロを制圧した小野優馬だな？」

一難去ってまた一難、黒い塊。

どこからどう見ても、部外者の団体が目の前に現れた。全員、いかにもといったチンピラタイプで、揃いのジャックナイフを見せびらかすように振り回している。それぞれ、お約束のように背後には魔物がへばりついていた。

「……え？」

「小野優馬、お前を潰したら俺たちが湘南の支配権を握る」

トップらしき大男の背後に取り憑いているのは土蜘蛛《つちぐも》だ。

シュッ。

一瞬にして、優馬の前に蜘蛛の巣が張られた。この蜘蛛の巣に囚われたらおしまいだと、優馬にもなんとなくだがわかる。

「……お、俺には関係ないことだ」

優馬が掠れた声で答えると、トップに取り憑いていた土蜘蛛が高らかに言い放った。

「月讀命の弟子、いざ尋常に勝負せい」

まただ。どうして月讀命の弟子というだけで狙われるのだろうか。

「……なんで、俺？」

「お主が月讀命の弟子であるから」

きひひひひひひひ〜っ、と土蜘蛛は不気味に笑いながら、優馬に向かって何本もの糸を放った。

シュルルルルルッ。

「……うわっ」

動けない。

蜘蛛の巣に捕まった。

ヤバい。

あのチャラ男神はそんなに敵が多いチャラ男神だったのかよ、弟子っていうだけで狙われるのか、と優馬は月と夜の統治者を罵った。こんな最期を迎えるために神様の弟子になったわけではないのに。

「くぉくぉくぉくぉ～ん」

土蜘蛛に翡翠が緑色の炎をお見舞いする。

ぶわわわわわわっ。

土蜘蛛は緑色の炎に焼かれつつ、翡翠に向かって糸を放った。

「ちょこざいな」

シュッ。

翡翠の角に土蜘蛛の糸が絡まる。

急所なのか、翡翠は辛そうだ。

「……翡翠？」

「くぉくぉ～くぉくぉぉ～ん」

翡翠は一際大きな雄叫びを上げると、未だかつてない凄絶な緑色の炎を繰りだした。自分の角に絡みついた蜘蛛の糸をも焼き尽くす。

　ぶわぶわぶわぶわぶわーっ。

　辺り一面、灼熱の緑色に染まった。

「……こ、この……こんなところで……」

　土蜘蛛が翡翠の力の証であるような緑色の炎に焼かれる。

　ほかの魔物たちも、瞬く間に翡翠の炎に焼き尽くされた。

　バタバタバタバタッ、と優馬の前でチンピラ軍団の男たちが倒れていく。自分が持っていたジャックナイフで自分を刺した男もいた。

　これらはあっという間の出来事で、優馬が瞬きをする間もなかった。呆然とその場にへたり込む。

　背の高い菩提樹の向こう側から、聞き慣れた声が響いてきた。

「……優馬？　翡翠？」

　優馬は疾風の声で自分を取り戻し、やっとのことで声を上げた。

「……疾風、こっちだ」

　疾風が義孝とともに血相を変えて走ってくる。ふたりとも無表情であまり感情が顔に出るタイプではないのに。

「……無敵のキング、またやったのか？」

疾風は地面で失神している男たちを見て、シニカルに口元を緩めた。こいつらは湘南に進出したがっている渋谷のギャングだぜ、と。

「俺じゃない」

「お前じゃなきゃ誰だ？」

「翡翠」

優馬は頭上を飛んでいたチビ龍を指で差した。

だが、青い空には風に行き先を決められる雲しか浮かんでいない。

「どうして、翡翠は何も着ていないんだ？」

いつの間にやら、翡翠は土蜘蛛が取り憑いていた男の腹で寝ていた。それも豪快な鼾《いびき》を掻きながら。

「……あ、あれ？　いつ戻ったんだ？」

ついさっきまでチビ龍だったんだぜ、と優馬はボソボソと呟きながらすっぽんぽんの翡翠を抱き上げる。

「優馬、頭をやられたのか？」

「今日はもう帰る。何があっても真っ直ぐに帰る」

あのチャラ男神、と優馬は愚痴りたいのをぐっと堪えた。疾風には何を言っても信じてもらえないだろう。ある程度、理解してくれる義孝に愚痴るのは後だ。

優馬は深い眠りに落ちた翡翠を抱いたまま、疾風の愛車にそっと乗り込む。義孝も心配そうに続いた。

駐車場を出た途端、二つの頭を持つ大蛇が現れる。

「……ひっ」

視えるのは優馬だけだ。

疾風は怪訝な顔でハンドルを左に切る。

「月讀命の弟子、死ね」

大蛇が迫った。

冗談じゃない、助けてくれ、と優馬が声にならない声を上げると、疾風を加護している毘沙門天と義孝を加護している白龍が退治してくれた。

優馬は生きた心地がしない。

月讀命に対する鬱憤を募らせた時、パチリ、と翡翠は目を覚ました。

「ママ、プリン」

翡翠の第一声に、優馬は仰け反る。

「翡翠、お前はお姉ちゃんの膝でチョコレートパフェやら半生《はんなま》カステラやらクロワッサンたい焼きやらレモン大福やら、なんかいろいろと食っただろう。まだ食うのか？」

翡翠はいったいどれぐらい食べたのか、優馬はまったく把握できない。ベビー服に包まれた腹部は、はち切れんばかりのポンポンだ。

「ママ、あいのプリン。あいのプリン」

翡翠は第一限目の講義の内容を覚えているのだろうか。

「……覚えなくてもいい言葉ばかり覚えやがって」

「パパ、あいのプリン」

ママは頼りにならないと思ったのか、翡翠は運転席の疾風に言った。

「優馬、どっちにしろ、レポートのテーマはプリンだ」

疾風はハンドルを左に切りながら、目を背けられない現実を口にする。優馬にとってハードルが高い実習レポートだ。

「疾風、俺はプリンなんて作ったことがない」

「俺もだ」

想定内の疾風の返答に戸惑ったりはしない。要は実習レポートを提出すればいいのだ。手作りと銘打っているプリンを購入して、それらしく写真を撮り、レポートに埋め込んでしまえばいいかもしれない。

「どこかの店で手作りプリンを買うか」

優馬は性格的に不正は大嫌いだが、今回の愛ある手作りプリンに関しては例外だ。逆立ちしても愛あるプリンを作る自信がない。

「製造途中のデータがないとバレるぜ」

「……あ……作るしかないのか……プリンはバターと牛乳を混ぜればいいんだよな？」

「牛乳と砂糖じゃなかったか？」

牛乳と砂糖でプリンは作られているのか、優馬は秀麗な秀才に視線を流した。

「首席の秀才、プリンはバターと牛乳だったか？　牛乳と砂糖だったか？」

義孝は明治創立の名門大学史に名を刻みそうな優等生だが、プリンは専門外だとわかっていた。よくわかっていたが、優馬は聞かずにいられなかった。

「プリンは生クリームとオリゴ糖ではありませんでしたか？」

義孝が貴公子然とした態度で答えた後、翡翠が手を挙げて意見した。

「ばあば、ばあばのプリン」

……その手があった。うちには女子力が高すぎて縁遠い独身男がいた。翡翠、よく思いだした、と優馬は褒め称えるように翡翠の頭を撫でた。

「……そうだな。明雲さんに作ってもらえばいいか」

優馬は明雲の存在で一気に肩の荷が軽くなった。

それ故《ゆえ》、翡翠を抱いて帰宅した途端、外出の準備をしている明雲に気づいて困惑した。

禰宜《ねぎ》が真っ青な顔で急き立てている。

「ばあば、ただまなの～っ」

翡翠は満面の笑みを浮かべ、明雲にただいまの挨拶をした。

「翡翠くん、ただいま、ですね。お帰りなさい。いい子ですね」

「ふんっ、ひちゅはいいこなの～っ」

「いい子、いい子、翡翠くんはいい子です。ママと一緒にず～っとここにいてくださいね～っ」

明雲は翡翠を抱き上げ、軽やかに三回転した。禰宜は訴えるように壁にかけているレトロな時計を指す。時間に追われていることは間違いない。玄関口にはチューリップの花束と老舗《しにせ》和菓子店の紙袋があった。

「明雲さん、まさか、これからどこかに出かけるんですか？」

「優馬くん、私はこれからお世話になった氏子《うじこ》さんのお見舞いに行かなくてはいけません」

明雲が翡翠をあやしながら言うと、禰宜はコクリと大きく頷いた。察するに、神社にとって大切な氏子だ。

「明雲さん、プリンは？」

優馬が血相を変えると、明雲は翡翠に頬ずりしつつ瞬きを繰り返した。

「プリン？　翡翠くんはもうプリン以外も食べられます。コンロの鍋にクリームシチューがありますから温めて召し上がれ。ミモザサラダとスモークサーモンのマリネは冷蔵庫の中です。足りなかったら、白身魚のテリーヌと、きのことチーズのスフレがあります」

「そうじゃなくて、明雲さんのプリンが必要なんです」

「冷蔵庫にカスタードプリンとカボチャプリンが入っています。パンダ型がカスタードでウサギ型がカボチャです。クマ型はミルクプリンです」

「完成する前のプリンが欲しい」

「優馬くんもそんなにプリンがお好きでしたか？」

「違う、ハゲジジイがトチ狂った」

自分でも何を言っているのかと思ったが、優馬に言葉を選んでいる余裕はなかった。今まで他人に誤解されてきた所以《ゆえん》だ。

「どうされました？」

「翡翠のせいでレポートが実戦プリンだ。プリンの形になる前の過程がほしい。女の子たちからレシピをもらったけど、ドイツ語で書かれたゲーテより難解で見る気にもなれない」

優馬の要領の得ない言葉を、明雲は理解したらしい。背後の木花之佐久夜毘売と同じように優しく微笑んだ。

「……そういうことですか。固いと評判の常磐の教授陣もなかなか粋《いき》なことをします」

よかったですね、と明雲は抱いている翡翠に顔を擦りつけた。それ以上に翡翠は頬をスリスリしている。

「明雲さん、笑っている場合じゃない」

「女学生からレシピをもらったのでしょう。その中から一番簡単なレシピを選び、レシピ通りに作ればよろしい」

私のレシピは初心者用ではありません、と明雲は楽しそうに続けた。昔ながらのプリンには手間暇をかけているらしい。

「……うっ」

「……あ、そうそう、氏子さんから数の子をいただきました。せっかくですから、皆さんで召し上がれ」

明雲は高級そうな数の子を優馬に手渡すと、禰宜とともに出て行ってしまった。かくして、頼るべきものはレシピしかない。

翡翠は不思議そうに数の子を見つめている。

「疾風、義孝、どのレシピが一番簡単そうだ？」

優馬はレシピの束を半分に分け、疾風と義孝の手に押しつけた。ヨチヨチと歩きだした翡翠の後に続く。

「……おい、プリンは卵と牛乳と砂糖で作るみたいだ」

疾風はレシピの材料欄を見て、驚いたような声を漏らした。あまり感情が出ない男にしては珍しい。

もっとも、優馬も驚愕で上体を揺らした。

「……卵？　バターじゃなくて卵だったのか？」

「……ああ、どのレシピも卵は必須だ」

「バター色だからバターケーキみたいにバターだと思った。洋菓子ってみんなバター臭いだろう？」

「……バター臭い？」

「ああ、バター臭い」

優馬がなんの気なしに言うと、それまで無言だった義孝が初めて口を挟んだ。

「優馬、君はバターがお嫌いですか？」

「……え？　焼いたパンにつけて食うのは好きだぜ？」

「バター臭い、という言葉は否定的です。てっきりバターや焼き菓子がお嫌いで、否定しているのだと思いました」

品行方正な優等生は咎《とが》めるわけでもなく、いつもと同じような態度で指摘した。疾風も同意見らしく相槌を打つ。

「……そりゃ、俺は甘いのは嫌いだけど、否定しているような気は……ああ、そうか……

それでか……オフクロの機嫌を損ねたのは俺の言動が不味《まず》かったんだな……」

遠い日、実母がキッチンに立ち、優馬や弟のために、添加物をいっさい使わないケーキやクッキーなどの焼き菓子を作った。どれもバターの香りがした。

『マドレーヌもパイも、みんな、バター臭い』

優馬が思ったまま口にすると、実母の顔は瞬く間に醜悪に歪んだ。

『……臭い？　臭いの？　バター臭いの？』

『うん、バター臭い』

優馬はどうして実母の機嫌を損ねたのかわからない。正直に告げただけだ。

『お母さん、美味しいよ。また作ってね。僕はお母さんの作ったお菓子が一番好き』

弟はカスタードパイを手にしたまま、実母に甘えるように言った。

その途端、実母の機嫌は直った。

今でも鮮明に覚えているバターの思い出だ。すべてにおいてその調子で、実母の愛は優馬ではなく弟に注がれ続けた。

……ああ、それでか、俺の言葉遣いに問題があったんだ、と優馬は今になって実母の機嫌を損ねた理由に気づいた。

「……優馬？　母上の思い出ですか？」

「今になって自分に問題があったことに気づいた」

サンキュ、と優馬が素直に礼を言うと、義孝は長い睫毛に縁取られた目をゆらゆらと揺らした。

「君には驚かされる」

「そうか？　それより、プリンだよな」

プリンはバターじゃないのか、と優馬は改めて真剣に疾風の手元にあるレシピを覗く。けれど、レシピが揺れた。……疾風の手が動いたのだ。

「翡翠が突っ込む」

少し目を離した隙に、翡翠は緑のクレヨンを持って仙人と鳳凰《ほうおう》が描かれた屏風《びょうぶ》にヨチヨチと突進した。

その目的は確かめるまでもない。

「……ひっ……翡翠、駄目だ、それは文化財に指定されてもおかしくないヤツ……」

バッ、と優馬が決死の覚悟で翡翠にダイビングする。すかさず、疾風と義孝が仙人と鳳凰が描かれた屏風を奥の部屋に運んだ。

「ママ、めーっ」

「翡翠、めーはお前だ」

優馬はジタバタする翡翠を抑え込みながら、奥の部屋から戻ってきた疾風と義孝の顔を見た。

「セーフ」

疾風の手の振り方で、後世に伝えなければならない屏風が、緑のクレヨン攻撃を免れたことを知る。

「よかった」

優馬はほっと胸を撫で下ろしたが、モゾモゾと翡翠は蠢き、這いだしてしまう。ヨチヨチと国宝を収めている部屋に向かった。

「……よかったじゃねぇ。疾風、捕まえてくれっ」

優馬が険しい顔つきで叫ぶ前に、最強の男が猛ダッシュを切っていた。まったくもって、ヨチヨチ歩きだした翡翠は油断ならない。


まず、プリンより先に夕食だ。明雲が作ってくれた料理を温めるだけですむ。温めるだけなのに、翡翠がチョロチョロするからコンロに火がかけられない。

「ママ、ママ、わんわん」

翡翠がドヤ顔で見せたものは、リベラルアーツ学科のマドンナと名高い美女がくれた熊本県のゆるキャラのぬいぐるみだ。

「翡翠、それはクマじゃねぇか？」

「ママ、クマ？」

「うん、クマ」

「ママもクマ？」

「俺は人間……っと、コンロによじ登るな。木に登るのはクマに任せておけ」

優馬は翡翠を捕まえると、自分でコンロに立つのは諦める。涼しそうに佇んでいる義孝に向かって言い放った。

「義孝、クリームシチューを温めてくれ」

「承《うけたまわ》る」

義孝は泰然とした様子で承諾した。

が、微動だにしない。

「……義孝？　何をぼ〜と突っ立っているんだ？」

「どこにスイッチがある？」

義孝の綺麗な目はコンロから優馬に注がれた。

「スイッチ？」

「クリームシチューを温めるスイッチを教えたまえ」

僕に尋ねられることを光栄に思うがいい、という褒め称えられることに慣れた良家の子息の声が聞こえたような気がした。

「お坊ちゃま、台所に立ったことがあるか？」

「一度もない」

想定内の答えを聞き、優馬は納得した。

「そうだろうな……疾風は？」

こいつもないだろうな、と優馬は予測したが念のために尋ねた。自分も台所関係は専門外だから。

「ない」

「ダメ元で聞くけど、数の子ってどうやって食べるんだ？」

テーブルには明雲から渡された数の子が置かれている。しかし、優馬は数の子の調理の仕方がわからなかった。

しまった、聞いておくべきだった、と今さら悔やんでも遅い。

「優馬はひとり暮らしをしていたんだろう」

「ひとり暮らしは安いラーメンとレトルトのカレーのヘビーローテーションだ」

この中で貧窮問答歌《ひんきゅうもんどうか》を実戦した男は俺しかいない。そんな確信が優馬にはあった。

「……数の子は正月のおせちに入っていた」

疾風が数の子について言及すると、義孝も同意するように相槌を打つ。優馬にとっても数の子はおせち料理の一品だ。

「俺も実家のおせちでほんの少し申し訳程度に数の子が入っていた。高いからな」

高くてそうそう口に入らない数の子がたくさんある。これを食べない手はない。絶対に食べてやる、と優馬は勢い込んだ。

「数の子は高いのか?」

疾風の質問に優馬の頬が引き攣った。

「この野郎、そんなことすら知らねぇのかよ」

「俺は数の子より松阪牛のほうが好きだ」

「お前ンちのおせちには松阪牛が入っているのか。すげぇな」

「おせちに松阪牛と伊勢海老《いせえび》は定番だ」

疾風の言葉に賛同するように、義孝は軽く頷いた。釣られるように、優馬が抱いている翡翠もコクコクと頷く。意味もわからないくせに。

「そこのお坊ちゃんふたり、松阪牛と伊勢海老はおせちの定番じゃねぇからな……って、こんなこと言っている場合じゃないよな。この数の子をどうやったらいいんだ?」

優馬は空腹を感じ、数の子を凝視した。

「焼くのか?」

疾風が渋面でコンロを見つめると、義孝は思いだしたように言った。

「松茸《まつたけ》のように土瓶《どびん》蒸しで蒸すのでは？」

数の子を焼くべきか、蒸すべきか、それが問題だ。

瞬時に、三人の青年たちはシェイクスピアのハムレットと化した。

「う〜ん、う〜ん、う〜ん」

翡翠も負けじとばかりにハムレットを真似て悩んでいる。……唸っている。翡翠の唸り声を聞いている間にも時は流れていく。

優馬はチビ龍を抱えているから、ハムレットのように迷っていられない。

「数の子は肉や松茸じゃない。煮るのかな？」

とりあえず火を通したら食べられるだろう、と優馬は大きな鍋で湯を沸騰させ、ありったけの数の子を放り込んだ。そうして、煮た。グツグツグツグツ、と。

「疾風、ちょっと味見をしろ」

優馬は湯気が立ちこめる鍋から数の子を箸で摘まみだす。

「固いな」

「そうだよな。茹《ゆ》でたりないんだろうな」

優馬はひたすら大きな鍋で数の子を煮続けた。

「ママ、プリン、バナナヨー、アイチュ、チョコ、パフェ、ケーキ、ドーナチュ、クッキー、キャラメル、どらどら、いちご……」

翡翠は大学で学生たちからもらったお菓子を覚えた。感嘆するしかない記憶力だ。

「翡翠、語彙《ごい》が増えたな」

「ママ、まんま」

お腹が空いたとばかり、翡翠が自分の指を咥《くわ》えた。

「俺も腹が減った。食うか」

テーブルに明雲が作ったスモークサーモンのマリネやミモザサラダを並べる。クリームシチューを温めて食べだした。

が、翡翠はシチューの皿に顔から飛び込む。

バシャッ。

一瞬にして、辺りはシチュー塗れになった。

「翡翠、熱いだろっ」

優馬の顔やシャツにはシチューが飛び散ったが、疾風と義孝は瞬時に身を躱《かわ》している。間一髪でシチューの洗礼は受けなかった。

「ママ、キラキラ」

翡翠はシチューに顔を突っ込んでも、楽しそうに声を立てて笑う。不幸中の幸い、火傷《やけど》はしなかったようだ。

「シチューにキラキラなんてねぇ」

優馬がタオルでシチュー塗れの顔を拭きながら指摘した。すると、翡翠の小さな手はシチュー皿から人参《にんじん》を摘まんだ。

「キラキラ」

明雲の翡翠に対する愛情の証《あかし》なのか、人参は星の形をしていた。

「……あ、あぁ、星形の人参があるのか、それでキラキラか……あぁ……明雲さんも凝るよな……」

よくよく見れば、ミモザサラダにはハート型のソーセージが入っているし、パン籠《かご》には明雲が焼いたパンダの形をしたパンが盛られている。

「パンパンのパン」

翡翠はパンダのパンに優馬の膝で踊りだすぐらい喜んだ。

「パンダ、美味いな」

優馬はパンダのパンを咀嚼しつつ、疾風と義孝に視線を流した。

折しも、大学随一の強面と氷の彫刻が、パンダのパンを静かに食べている。背後の毘沙門天も白龍も神妙な様子で見守っている。

滑稽《こっけい》なんてものではない。

ぶはーっ、と優馬は我慢できずに噴きだしてしまう。

疾風と義孝は非難したりはしなかったが、代わりというか、翡翠に注意されてしまった。

「ママ、めっ」

優馬が噎《む》せ返っていると、疾風が独り言のようにポツリと零した。

「俺、シチューはビーフシチュー派だ」

疾風の意見に賛同するように、義孝も伏し目がちに言った。

「僕もです」

「俺だってビーフシチューのほうが好きだ」

優馬も疾風も義孝もビーフシチュー派だが、用意されているのは翡翠のためのクリームシチューだ。不味くはないが物足りない。それでも、三人の男子大学生は文句を言わずに甘いクリームシチューを平らげた。

翡翠が冷蔵庫で冷やされていたカボチャプリンを食べても、まだ数の子は固い。数の子はじっくりと煮込まなければならないのか。

「……数の子の野郎、まだ固いぜ……ああ、もう、どうせ明日も責め立てられるだろうからプリンを作るか」

料理に馴染みのない男子学生の救済措置か、レポートはグループ作成が認められている。しかし、悲しいかな、優馬のレポートメンバーは料理に縁のない疾風と義孝だ。

「ママ、プリン」

ひょい、と翡翠が小さな手でレシピを選んだ。

「翡翠はそのプリンがいいのか？」

「ふんっ、パンパンプリン、好き」

翡翠が選んだレシピには、女子学生が黒いペンで描いた親子パンダが笑っていた。

「そうか」

優馬は神妙な面持ちで、翡翠が選んだプリンのレシピに目を通した。ほかのレシピより、揃える材料は少ないし、時間もかからない。初心者用だ。

「……バニラエッセンスとかバニラ棒とか、わけのわからない材料はいらない……これならなんとかなりそうだ。まず、砂糖と水で作るカラメルだ。疾風、砂糖を二〇〇グラム計ってくれ」

優馬は何をするかわからない怪獣を抱きながら疾風に言った。

「……砂糖？　これか？」

疾風は『SALT《ソルト》』とロゴが刻まれた瓶を手に取る。

「疾風、それは塩じゃないか？」

「塩だ」

「塩でカラメルは作れないと思う」

優馬が真顔で言うと、疾風は『SUGAR《シュガー》』というロゴが刻まれた瓶を手に取った。そうして、分量を量る。

「……えっと……まず、砂糖二〇〇と水二〇〇を弱火で五分から十分煮る？　……五分なのか？　十分なのか？」

五分から十分とはどういうことなのか。間を取って七分三十秒でいいのか。優馬はレシピの曖昧《あいまい》な説明に困惑した。

「俺に聞くな」

「そうだな」

レシピ通り、優馬は鍋に砂糖と水を入れて煮る。胸に抱いた翡翠は面白いのか、鍋を興味津々といった風情で見つめている。

ぶくぶくぶくぶく、ぶわ～っ、とカラメルの状態が変わった。

「……なんか泡を吹いてきたぜ。これがカラメルの第一歩か？　もう五分は経ったよな？」

優馬が鍋を観察しながら尋ねると、疾風は腕時計で時間を確かめた。

「十分近く経った」

「……よし、ここで水を一〇〇グラム入れる」

「水はグラムじゃなくてCC《シーシー》じゃないか？」

「そんなことはどうでもいいんだよ」

一〇〇CC《シーシー》、きっかり。

カラメルの鍋に水を入れた。

その途端、シュワワワワワワワワワワワワワ～っ。

「……っ……熱……」

シュワワワワワワワワワワ～っ、もくもくもくもく～っ、と鍋からカラメルの泡が凄まじい勢いで噴きこぼれた。

緊急事態、発生。

「……な、なんだ？　どこかの魔物の攻撃か？」

一瞬にして、台所は白い煙が立ちこめる。ビリリリリリリリリリリリッ、というけたたましい火災警報装置機が鳴り始めた。

「ママ？　ママ？　ママ？」

優馬の胸の中で翡翠は手足をバタつかせた。

「……魔物だ。殴り込みだ。疾風、頼む……毘沙門天、頼む」

白い煙が充満した台所のどこに魔物が潜んでいるのか。優馬は翡翠を抱き締めると、疾風と毘沙門天に救いを求めた。

「優馬、落ち着け」

疾風はいつもとなんら変わらず、いっさい動じていない。義孝にしてもそうだ。狼狽《ろうばい》しているのは優馬だけ。

「翡翠と数の子を守れ。翡翠を大きくしてチャラ男に渡してくれ。弟子の俺が魔物に狙われないようにしてくれ。俺が無敵のキングでないと周囲に言ってくれ。俺は死に物狂いで勉強して合格した大学を退学したくない」

知らず識らずのうちに、優馬の口から一気にあれこれの鬱憤が飛びだした。もう何がどうなっているのか、さっぱりわからない。

「この原因はお前だ」

ガシッ、と疾風に肩を掴まれ、乱暴に揺すぶられる。

「俺？」

「そのプリンだ」

疾風の視線の先には、泡を噴きだした鍋があった。コンロは鍋から溢れたカラメルに染まっている。

「これはプリンにかけるカラメルだ。まだプリン本体は作っていない」

「失敗」

「失敗？　魔物襲来じゃなくて？」

優馬が惚《ほう》けた表情を浮かべると、義孝は伏し目がちに頷いた。そして、無言で台所の窓を開ける。

「優馬、魔物なんているわけないだろう。胡散臭い霊能力者やヒーラーのようなことを言うな」

「……失敗したのか……こ、こんな失敗の仕方があるのか……」

無残にも優馬の初めての手作りプリンは、カラメルソースを作るところでつまずいた。台所は翡翠が暴れた時よりひどい。

「レポートのタイトルは決まった。『愛ある手作りプリンは命に関わる』だ」

このレポートを提出したら二度と手作りを強要されないかもしれない、と優馬はあえて惨状をスマートフォンで撮影した。データとしてレポートに添えるつもりだ。

疾風と義孝も異論を唱えず、カラメル色に染まったコンロ一帯を眺めた。

「数の子は無事、カラメル色に染まっていない」

不幸中の幸い、カラメル噴火の被害を数の子は被っていなかった。優馬はほっと胸を撫で下ろす。

「煮えたか？」

疾風に低い声で問われ、優馬は味見をした。

「ゴムみたいに固い」

「ゴム？」

「噛み切れない」

優馬はゴムの靴を食べているような気がする。実際、ゴムの靴を食べた過去はないけれども。

「これは数の子じゃない」

「もっと煮たら数の子になるのか？　……って、翡翠、お前はまだ食うな。固いぜ」

優馬が手にしていた数の子を翡翠が奪う。

「ママ、めっ」

ビタンッ、と翡翠は数の子をカラメルが飛び散っている床に向かって投げた。

「翡翠？」

優馬が腕の力を緩めた一瞬の隙をついて、ぴょんっ、と翡翠は飛び降りてしまう。ヨチヨチヨチヨチ、と床にできたカラメルの海に近づいた。

いや、すでにカラメルの海ではない。

カラメルは固まる。あちこち、固まったカラメルだらけだ。ペロペロ、と己が龍神であることを忘れた幼子《おさなご》が固まったカラメルを舐める。

「翡翠、やめろーっ」

優馬が慌てて翡翠を抱き上げた時、玄関口のほうから物音がした。おそらく、魔物襲来ではなく白皙《はくせき》の美貌を誇る宮司が帰ってきたのだろう。

「……あ、明雲さんか？　明雲さんが帰ってきた？」

案の定、台所に顔を出したのは天女の如き明雲だ。にっこりと桜の花が咲いたように優しく微笑んだ。……微笑んだのも束の間、台所の惨状に目を瞠った。

「……こ、これは？　また命を狙われたのですか？」

明雲は人ならざるものを視ることができる。本人曰《いわ》く『視ることぐらいしかできない』だが、月讀命と翡翠に振り回されている優馬にとっては大切な存在だ。

「愛あるプリンは命に関わる。プリンは明雲さんにお任せします」

二度とプリンは作らない、と優馬は強い意思表示をした。カラメルが噴火するなど、冗談ではない。

「……プリンを作っただけで、どうしてこんなことに……」

「……で、数の子が数の子にならねぇ。もう少し煮たら数の子になるんですか？」

優馬が数の子を煮ている鍋に視線を流すと、明雲は瞬きを繰り返した。

「……は？　今、なんて仰いましたか？」

「もう少し煮たら数の子になるんですか？」

「……数の子を煮る？　……まさか、まさかとは思いますが、数の子を煮たわけじゃありませんね？」

明雲は自分の聞き間違いだと思ったらしい。

「……数の子を煮た」

生涯、この時の明雲の顔は忘れられないだろう。優馬だけでなく狂犬と揶揄される美丈夫や神童と称えられた学生代表も同じ意見だ。

神様の弟子はブラック ～チビ龍の子育て～

第二話

風呂場は戦場だ。

しっとりとした和《わ》の趣《おもむき》のある風呂場は、一日の疲れを流す癒しの場ではなく、優馬と翡翠による勝負の場になった。白い湯気が立ちこめる中、無香料のボディシャンプーの泡が飛ぶ。

「……こ、こら、翡翠、風呂場はプロレスのリングじゃない。暴れるなーっ」

優馬は翡翠の身体を洗おうとした。

けれど、翡翠はちっともじっとしてくれない。

「ママ、ママ、あわあわあわあわあわあわあわ～っ」

翡翠は泡だらけの状態で、湯を張った湯船にダイビングした。

間一髪、優馬は抱きかかえる。

「湯船に顔を突っ込むな。溺死するぜ」

「ちゃぽんちゃぽん、ちゃっぽん」

翡翠は無邪気に笑っているが、今にも口に泡が入りそうだ。このままならば、確実に号泣する。

「……やっぱり、俺ひとりでは無理だ」

子育ては慣れだとお聞きします、と笑顔で押しつけた明雲が憎たらしい。

「ちゃっぽんなの～っ」

「疾風、明雲さん、ギブアップ。助けてくれーっ」

優馬は力任せに翡翠を抱え、廊下で待機している明雲と疾風を大声で呼んだ。果たせるかな、すぐに風呂場の扉が開く。

「翡翠くん、温まりましたか？」

明雲が真っ白なタオルを手に、優しく微笑んでいる。背後の疾風は仏頂面《ぶっちょうづら》でパステル系の黄緑色のベビー服を持っていた。

「明雲さん、頼む」

優馬は神妙な面持ちで、ジタバタする泡塗れの怪獣を差しだす。

「……優馬くん、どうして翡翠くんは泡だらけ？」

明雲は泡塗れの翡翠を受け取ろうとはしない。タオルを手にしたまま、呆然とした様子で蠢く翡翠の手足を見つめる。

「じっとしてくれない」

「幼子とはそういうものです」

「こいつに風呂は早い。台所でいいと思う。風呂桶《おけ》は鍋だ」

優馬は大きな鍋に小さな怪獣を突っ込んで洗う場面を想像した。大きな鍋だと暴れやすいから駄目だし、小さな鍋だと入らないから駄目だ。鍋は大きすぎても小さすぎてもいけない。あの鍋がちょうどいい、と使う鍋も決める。

「……なんてことを……って、そんな場合ではありませんね。優馬くん、もう一度、翡翠くんを抱いてください」

結果、三人がかりではしゃぐ翡翠の身体を洗う。優馬の口に泡が飛びこむし、明雲や疾風の顔にも泡が飛ぶ。

「翡翠くん、いい子ですね。あわあわを流しましょうね」

どんなに翡翠が暴れても、明雲は『いい子』を連発した。翡翠の泡攻撃の最前線に立っている

優馬には無理だ。

「ばあば、ママもあわあわ」

「そうですね。ママもあわあわですね」

「あわあわ、パフェ」

「あわあわはパフェではありません。食べちゃいけませんよ」

こんな時、明雲と疾風を守っている神はなんの手も貸してくれない。人間三人の力を集結し、翡翠の身体を洗い流す。

「明雲さん、頼む」

洗い立ての翡翠は明雲に抱かれ、戦場となった風呂を出る。脱衣場で疾風が翡翠を抑えつけ、明雲がタオルで身体を拭いた。

ぴしゃり、と優馬は風呂場の扉を閉める。

やっとひとり。

やっと落ち着ける。

優馬はようやく肩まで湯船に浸かることができた。どっと疲れが出てくる。小さな暴君がいる限り、気の休まる間がない。

「世の母親が育児ノイローゼになるわけがわかるぜ」

チャラ男神、と優馬は湯を照らす月の光に顔を歪めた。窓の外の向こう側には、幻想的なまでに美しい月が雲の間から顔を出している。

これもあれもすべてチャラ男神。

「カラメル事件も根っこを突き詰めればチャラ男神……数の子事件は月讀命の責任じゃないけれど……」

脳裏にゴミ箱行きとなった数の子が浮かんだ瞬間。

開け放たれた窓から、顔が二つある蝙蝠《こうもり》が飛んできた。

「月讀命の弟子、覚悟」

突如として現れた蝙蝠は、風呂場を不気味な蝙蝠色に染める。シュウウウウウウウウウゥ〜ッ、という不気味な音を立てながら。

魔物だ。

魔物であることは間違いない。

自分が狙われていることも確かだ。

またかよ、と優馬の背筋が凍った。温かな湯に浸かっているというのに。

「……こ、こんな時にやめてくれーっ」

優馬は慌てふためき、湯船から飛びだした。

「逃げるか」

「毘沙門天、助けてくれーっ」

つい先ほど、風呂で暴れる翡翠を疾風と明雲に渡したばかりだ。義孝は白龍とともに高級住宅街にある自宅に帰った。疾風を加護している毘沙門天に救いを求めるしかない。

だが、廊下にいるはずの疾風がいなかった。翡翠や明雲もいない。ただ、廊下にはポツンと翡翠のベビー服とおむつが転がっている。

「月讀命の弟子、逃げるとは片腹痛い」

スッ、と顔が二つある蝙蝠が背中に迫る。

「疾風はどこだ？　毘沙門天はどこだーっ？」

優馬は素っ裸のまま、物凄い勢いで廊下を走りだした。友人についている武勇の誉《ほま》れが高い武神を求めて。

手がかりは、廊下に落ちている翡翠のベビー服やおむつだ。

物音がする。

「くぉくぉくぉくぉ～ん」

小さな龍神が猛スピードで飛んできた。

その口は鍋を咥えている。それも単なる鍋ではない。優馬が翡翠の風呂桶として使おうとした鍋だ。

「……あ、翡翠？」

カーン。

優馬の頭に鍋が落とされた。

「くぉくぉくぉくぉ～ん、くぉ～っ、くぉ～っ」

よくも僕を鍋で洗おうなんて考えやがったな、とチビ龍に咎められているような気がした。龍神の龍神たる所以だ。

「……痛ぇ」

優馬は鍋攻撃に生理的な涙を浮かべたが、チビ龍に文句を言っている余裕はない。何せ、背後には顔が二つある蝙蝠が迫っている。

「お主、月讀命の龍か」

魔物が優馬から翡翠に視線を流す。

「くぉ～ん、くぉくぉくぉくぉ～ん、くぉ～っ、くぉ～っ」

ぶわーっ、と翡翠が先手必勝とばかりに、黄緑色に近い緑色の炎をお見舞いした。

「ちょこざいな」

ぶわっ、ぶわぶわぶわぶわっ、と顔が二つある蝙蝠も蝙蝠色の炎を噴きだす。

一瞬にして、辺りは翡翠色と蝙蝠色のオーラが充満した。ガタガタガタガタッ、と家屋が派手に揺れる。

「……く、苦しい」

翡翠と魔物が噴きだす炎のダメージが大きいのは、生身の人間である優馬だ。翡翠色と蝙蝠色のオーラが薄いほうに向かって這う。

ポツンポツン、と天井が高い廊下には翡翠のぬいぐるみやおしゃぶりが落ちている。

「……も、もうどうしてこんなに狙われるんだ……」

ボソッ、と優馬が零した瞬間、目の前に赤黒い瘴気《しょうき》を纏った狼が現れた。

「月讀命の弟子、死出の旅支度は整ったか？」

狼の顔は三つ、尻尾は三本、真っ赤な舌の先は三つに裂けている。シュゥゥゥゥゥ、という赤黒い臭気がさらに発散された。

苦しいなんてものではない。

「……っ？　ご、ごほっ……？」

優馬は派手に噎せ返りつつ、生理的な涙で潤んだ目を見開く。

「根の国の旅支度じゃ」

「……ま、またかよ」

「月讀命の弟子、噛み殺してくれるわ」

魔術を使うまでもない、と三つ顔のある狼は恐ろしい牙を剥いた。だらだらだらだら、と涎《よだれ》が滴り落ちる。

「俺がいったい何をしたんだっ」

優馬は初めて会う魔物に険しい顔つきで言い返した。月讀命の弟子というだけで殺されるなど、理不尽なんてものではない。

「月讀命の弟子であるから」

「そんなの、月讀命本人にしろ。弟子の俺を倒してもなんにもならないぜ」

「天照が天の岩戸に籠もる前より我が悲願、月讀命との一戦なり」

魔物が視せているのか、戦うのが面倒で逃げ回る月讀命が優馬の脳裏を過ぎった。弟神の須佐之男命は魔物退治に奮闘しているというのに。

「だから、俺は単なる弟子だ。神社の掃除をすることぐらいしかできない人間だ。月讀命と戦いたいなら月讀命と戦え」

狙う相手を間違えている、と優馬は腹の底から力んだ。

「弟子を倒してから、と月讀命に言われた」

一瞬、何を言ったのか理解できず、優馬は怪訝な顔で聞き返した。

「……は？」

「先日、薩摩《さつま》で八岐大蛇と手を組んで月讀命を挟んだ時ぞ」

三つ顔のある狼はどこか遠い目で語りだした。

神話の時代より、月讀命は月と夜の統治をしている。神話の時代より、月と夜の統治を狙って、月讀命に戦いを挑む神がいた。

否、神ではない。

神になり損ねた魔物だ。

『月讀命、覚悟』

シュッ、と顔が三つある狼が人の形を取り、赤黒い剣を振り下ろした。

スルリ、と月讀命は赤黒い剣を躱す。

『狼よ、私に勝負を挑むのは早い。まず、私の弟子を倒してからおいで』

月讀命が高らかに言い放つと、人に変身した狼は赤黒い瘴気を漲《みなぎ》らせた。

『月讀命の弟子など初耳でござる』

『大福餅やたまごを喉に詰まらせて根の国に行きかける弟子だけど可愛い』

優馬、と麗しい月の神が名を呼んだ。

その瞬間、顔が三つある狼は全力を注いで月讀命の弟子を探しだした。そうして、優馬を突き止めたのだ。

「弟子を倒してから来い、と月讀命に言われたのじゃ。お主を倒したらようやく念願の勝負ができる」

顔が三つある狼は人の形を取った。その手には赤黒い剣が握られている。周りに立ちこめる赤黒い瘴気がいっそうひどくなった。

「……あ、あ、あのチャラ男……」

よりによってそんなことをほざきやがったのか、と優馬は口にする間もない。

「神は一度でも口にしたら守らねばならぬ。これで夜が手に入る」

顔からも赤黒い瘴気を放ち、背後には何本もの火柱が立つ。握る剣の切っ先は、月讀命の弟子だ。

「……ちょ、ちょっと待て」

いったいどこに逃げたらいいのか。

逃げる場所がない。

何より、逃げる間がない。

「月讀命の弟子、覚悟」

シャッ。

赤黒い剣が振り下ろされた。

首が斬り落とされた。

ゴロン、と優馬の顔が転がった。

……斬り落とされてはいない。

転がったのは、赤黒い瘴気を放つ顔だ。

チビ龍の聞き慣れた鳴き声が響き渡った。

「くぉくぉくぉくぉ～ん」

小さな龍神は赤黒い瘴気を放つ魔物に向かって、黄緑色に近い緑色の火を吐いた。

ぶわーっ、と。

「……まだ幼き龍……なのに……我が悲願……」

ほんの一瞬だった。

ほんの一瞬で赤黒いオーラが緑色に変わる。

顔が三つある狼の存在は消えた。

「くぉくぉくぉくぉ～ん」

どんなもんだい、僕の勝ちだい、と翡翠がドヤ顔で飛んでくる。

「……翡翠、さっきの蝙蝠は？」

優馬が素朴な疑問を口にすると、翡翠の全身が逆立った。

「くおーっ」

僕があんなのに負けると思っているの、とチビ龍が怒ったようだ。ペチペチペチペチペチッ、と尻尾で頬を殴られた。

「……い、痛い……翡翠……悪かった……やめてくれ……」

どうしてこれぐらいで怒るんだ、という優馬の心の中の声が聞こえたのか、聞こえなかったのか、定かではないが、一段とチビ龍のペチペチが激しくなった。

「くぉーっ、くぉーっ、くぉーっ」

「……お、お前は凄い龍だ……チャラ男はチャラ男だがお前はすごい……」

ヤバイ、このままだとペチペチ地獄に落ちる、と優馬は全身の力を振り絞り、長い廊下を走りだした。

富士山と木花之佐久夜毘売が描かれた屏風の向こう側に人の気配がする。魔物が取り憑いた侵入者だと思いたくない。

案の定、木花之佐久夜毘売に守られた宮司がおむつを手に現れた。

「優馬くん、それは新しい健康法ですか？」

明雲は不思議そうに何も身につけていない優馬を眺めた。

「……け、健康法じゃねぇし、俺は裸族じゃねぇ……こいつをなんとかしてください……」

優馬が逃げてもチビ龍は追ってくる。尻尾でペチペチしながら。

「また翡翠くんのプライドを傷つけましたね」

「……も、もうチャラ男もチャラ男ならチビ龍もチビ龍だ。勘弁してくれーっ」

ペチペチペチペチペチペチッ、というチビ龍の尻尾の鞭が一段と激しくなった。明雲に呆れられたのは言うまでもない。


翌日の早朝、優馬は翡翠を抱いて本殿に向かった。ほかでもない、祀られている月讀命に文句を言うためだ。

すでに明雲は朝のお勤めを果たし、優馬と翡翠のために祈ってくれた。疾風は実家から連絡があり、神域の外で応対している。

「翡翠くん、いい子ですね。二礼二拍手一礼、覚えましたね」

明雲の真似をして、翡翠はお辞儀を二回して、手を二回打つ。

「ぺこぺこ、ぱんぱん、ぺこ、ひちゅ」

「そうです。翡翠くんはいい子ですね」

「ふんっ、ひちゅ、いい子」

明雲の優しい笑顔の指導により、翡翠は神前の作法を覚えた。優馬は腹立たしくてそれどころではない。

「……おい、チャラ男、これはどういうことだ。俺と戦いたければ弟子を倒してから来い、なんて最低じゃないか……っと、月讀命様、俺は人間です。人間の弟子です。弟子の修行に魔物退治があるのでしょうか。なんの力も持たない人間の俺に魔物退治はひどいと思います。俺の命がいくつあっても足りません……なんとか言えよ」

荘厳な祭壇に優馬は右膝をつき、凄んだ。

が、なんの反応もない。

「……おい、俺は魔物退治をするために神様の弟子に志願したわけじゃねぇ。第一、したくても俺にはできない。逃げ回っていないで自分で退治しろよ」

優馬がてんこ盛りに溜まった鬱憤を吐露した。傍らでは明雲が神事についてあれこれ翡翠にレクチャーしている。

「これ以上、弟子に魔物を回すのはやめてくれ……おい、出てきてくれ。なんとか言ってくれ。どうせどこかで聞いているんだろう」

優馬がどんなに願っても、とうとう月讀命は現れなかった。それが神かと、不条理を感じずにはいられない。

「ばあば、プリン」

「翡翠くん、お腹が空きましたか。そうですね。朝ご飯にしましょう」

スリスリスリ、と明雲は目尻を下げて頬ずりする。

「ふれんちとっと、ちゃらめる、な～の」

「……ああ、昨日、女学生に食べさせてもらったスイーツですか？」

「ふんっ。ふれんちとっと」

「……フレンチトーストかな？　フレンチトーストのキャラメルソース添えかな？　朝はご飯を炊いたから、フレンチトーストはおやつにしましょう」

明雲は優しく翡翠を抱き上げると、神秘的な空気が流れている本殿から出た。優馬もすごすごと続く。

「……あのチャラ男……あれでも神様か……神様なんだよな……あれでも神様なんだよな……八百万の神様がいればひとりぐらい変なホストみたいなのがいてもおかしくないのか……いや、あれは神様の中でも特に貴い神だとか、三貴子なんとか、書かれていたはず……」

優馬がイライラしながら歩いていると、ハラリ、と目の前に若葉が落ちた。

シユゥウウウウウウウ～ッ。

若葉が甲冑姿の武神になる。

「月讀命の弟子とお見受けいたす」

「……誰だ？」

「いざ尋常に勝負」

スッ、と異様な瘴気を放つ剣を抜いた。

武神だと思ったが違う。

武神になり損ねた魔物だ。

「……またかよ。チャラ男神、いい加減にしてくれーっ」

優馬は力の限り、美麗な神を罵った。

その瞬間、優馬の身体は屋根どころか青い空に浮かぶ雲を突き抜けた。

「私を呼んだね」

キラキラキラキラキラキラキラッ、と眩《まばゆ》い光を放つ麗しい神が現れた。

光る金色の髪の毛、彫りの深い顔立ち、メスで整えたとしか思えない目元、すんなりと伸びた手足、称賛しか出てこない容姿の持ち主は、ほかでもない優馬が仕える月讀命だ。

「……チャ、チャラ男神……これはいったいどういうことだ？　次から次へとチャラ男神の弟子ってだけで、魔物に襲われているんだぜ」

優馬は眼下に広がる景色を無視して食ってかかった。米粒より小さくなった月讀神社に驚いている場合ではない。

「私に挑む魔物が多い。仕方があるまい」

月讀命はなんでもないことのように肩を竦める。

「どうして？　チャラ男が……じゃない月讀命様が自分で対処してくれ。俺に回さずに」

「私は父上に月と夜の統治を任された。弟子がいるのに、私が魔物退治する謂《い》われがない」

「……お、おい」

何をどのように言えばいいのか、言葉が見つからない。優馬が呆然とした時、朱色の光を放つ牛が現れた。

「月讀命様、お頼み申す。どうか須佐之男命様を説得してくだされ」

単なる牛ではなく神の使いだと、優馬は尋ねなくてもわかった。察するに、須佐之男命に仕えている眷族《けんぞく》だろう。優馬は無言で耳を傾ける。

「相変わらず、須佐之男は職場放棄？」

月讀命の態度はいっさい変わらず、チャラチャラチャラッと弟神の使いに対応する。

「奥方様のお言葉にも耳を貸さぬようになりました」

「須佐之男に新しい恋人ができたのかな。十人目……十一人目だったかな？　十二人目？」

あの子は昔からモテるからね、と月讀命は楽しそうに笑った。巷にはびこるチャラ男そのものだ。

「そうではございませぬ。至急、我らとともに参られよ」

「弟子を使わす」

「……弟子？　月讀命様の弟子とは初耳でございます」

「連れてお行き」

月讀命は悠然と微笑むと、優馬に高らかに言い放った。

「優馬、弟子の役目を果したまえ」

想定外の月讀命の指示に、優馬は目を丸くした。

「……で、弟子の役目？」

優馬の視界が金色のオーラ一色に染まる。

その瞬間、優馬は見覚えのない景色の中にいた。大きな神社だということは聞かなくてもわかる。団体の外国人観光客で埋め尽くされていた。

「……う、煩い……神社だよな？　……え？　子供が賽銭箱《さいせんばこ》によじ登っている？　鈴にぶら下がっている……神社じゃなくて、神社を模倣したどこかのレジャー施設か？　神社ドリームランドとか神社ハイランド？」

ここは本当に神が祀られている神社なのか。賽銭箱に登ってポーズを決める子がいれば、諫《いさ》めもせずにカメラに収める親がいる。賽銭箱の前でお菓子を食べる子もいれば、諫めもせずにジュースを飲ませる親がいる。なんにせよ、神を背にしてポーズを取る外国人観光客がやたらと多い。

「月讀命様の弟子、驚かれたであろう。もう長い間、八坂《やさか》はこの様じゃ」

シュワワワ～ッ、という鳥居と同じ色のオーラを発散させながら、牛は雄々しい男性の形を取った。

「……え、えっと？　さっきの牛？」

「須佐之男命様にお仕えしております。八稚《やち》でござる。お見知りおきを」

八稚と名乗った眷族に礼儀正しく挨拶され、優馬は戸惑いつつも一礼した。

「……あ、あの……俺は小野優馬です。……じゃ、ここは八坂？　京都の八坂神社？」

京都には詳しくないし、八坂神社も初めてだが、その名前だけは知っている。古都屈指の花街にあり、地元では『祇園《ぎおん》さん』と呼ばれている由緒正しい神社だ。

しかし、どこからどう見ても、優馬が今までに見聞きした八坂神社ではない。

「さようでござる。外国人観光客の無礼な振る舞いの数々、腸《はらわた》が煮えくり返っておる」

八稚の悲痛な面持ちには、凄絶な怒りが込められている。優馬にしてもその気持ちはわからないでもない。

「そうだろうな……神社っていうよりどこかのレジャー施設みたいだ……うわ……そこでそんなポーズを取るのか……」

美男美女のカップルが神前で取ったポーズに優馬は顎を外した。……外したと思った。翡翠でもそんなことはしないぞ、と。

「天罰を下したいところ、ぐっと堪えております」

八稚から凄まじい悲哀が発散され、優馬の胸をグサリ、と突き刺した。

「天罰を下してもいいいと思うぜ」

次から次へと絶え間なく、外国人観光客の団体はやってくるが、神に対して礼儀を払おうとはしない。多くの観光客は大声で騒ぎ、写真を撮るのに必死だ。

背後に魔物は取り憑いていない。

魔物が取り憑いていないのにこれか、と優馬はげんなりしてしまう。文化の違いと言ってしまえば、それまでかもしれないが。

「天罰を下せば、須佐之男命様の姉上様がお嘆《なげ》きになるのは必至」

須佐之男命の姉といえば、全知全能の天照大御神だ。

「なぜ？」

「無礼な輩であれ、参った者であります。手を合わせた者でありますから」

「手を合わせて拝《おが》んでも祭壇をバックに自撮りは……え？　あれは？　後ろを向いているのは誰だ？」

祭壇の奥、さらに厳かな奥、背を向けている大男がいた。優馬は見間違いかと、自分の目を擦る。

「須佐之男命様でござる」

八稚から発散される悲愴感がさらに増した。ローンがまだまだ残っているのにリストラされた中年サラリーマンとは比べようもない。

「……ああ、参拝者に背中を向けているのか。それで職場放棄か……ああ、なるほど……」

職場放棄、と月讀命が口にした理由を理解する。確かに、参拝者に背を向けるなど、職場放棄かもしれない。……しれないが。

人のことは言えねぇだろ、と優馬は心の中で月と夜の美麗な神に突っ込む。

「月讀命様の弟子殿、どうか我らが須佐之男命様を宥めてくださらぬか。以前の須佐之男命様のように参拝者に光を大盤振る舞いする剛胆な神に……」

八稚に切々と頼まれ、優馬は下肢を震わせた。

「俺が？」

「須佐之男命様が耳を傾けるのは姉上様と兄上様しかござらぬ」

八百万神《やおよろずのかみ》が存在しても、三貴子のひとりである須佐之男命を宥められる神は少ないだろう。何より、神話によれば、須佐之男命は荒々しくて高天原《たかまがはら》を追放されている。

「姉上様に頼みましょう」

トップに頼め、トップ、と優馬は高天原の頂点に立つ女神を示唆《しさ》した。

「天照大御神様が須佐之男命様の元に参られることはないでしょう」

八稚は今にも穴を掘って潜りそうな風情が漂っている。どうやら、神には神のよんどころのない事情があるらしい。

「兄上様に頼みましょう」

　姉が駄目なら兄だ。

　……あ、兄ってあのチャラ男神だよな、と優馬は自分で言っておきながら無理だと思った。案の定、八稚は今にも自滅しそうなくらい薄くなる。

「兄上であらせられる月讀命様に何度もお願いしました。今日、初めて逃げずにお言葉を返してくださいました。弟子殿、お頼み申す」

「無理だ」

　面倒で俺に押しつけやがったな、と優馬には月讀命の心情が手に取るようにわかる。

「月讀命様の推薦でござる。信じております」

　ポンッ。

　八稚に背を軽く押されただけで、優馬の身体は祭壇の奥に飛んだ。

　いったい何がどうなっているんだ。

　今の俺は人から見えないんだな、と優馬は列を成している参拝者を眺めた。そうして、意を決し、須佐之男命に頭を下げた。

「……あ、あの須佐之男命様、初めまして。俺は月讀命の弟子です。小野優馬と申します」

　無意識のうちに、優馬は二礼二拍手一礼という作法を取る。けれども、須佐之男命は背を向けたまま、なんの反応もなかった。

「…………」

「こちらを向いてください」

「…………」

「顔を見せられないくらいひどい顔をしている……わけじゃないですよね？」

やべっ、と優馬は知らず識らずのうちに口から飛びだしたセリフに焦った。それでも、須佐之男命は微動だにしない。

「…………」

「職場放棄する前に改善を求めましょう。希望を言ってください……希望をしかるべきところに言いましょう。改善されなければそのうえに。それでも改善されなければまたそのうえに。ふてくされても事態は改善しませんよ」

「…………」

「参拝者のマナーの悪さに怒っているんですよね？」

「…………」

「その気持ち、よくわかります。俺も見てびっくりしました。宮司にかけ合うのがいいんでしょうか？　京都観光の事務所に投書すればいいのか？　観光庁か外務省？　有効な手段を教えてください」

優馬が真顔でつらつらと捲し立てると、初めて須佐之男命が動いた。

ゆらり。

少し動いただけで空気が変わる。

圧倒的な威圧感だ。

「兄上が初めて弟子を取ったというから、どんな優秀な逸材かと思えば……」

須佐之男命が振り向いてくれた。

凜々しく整った顔立ちに、優馬は度肝を抜かれた。どこか中性的な月讀命とは真逆のタイプだが、神々しさや眩しさは変わらない。

「……うわっ、戦隊もののヒーローみたいだ……あ、あの仮面ライダーヤングマンをしたイケメン俳優……国宝級のイケメンとかキャッチフレーズがついた凄い人気の……」

心の中で思ったことが、すべてそのまま口から飛びだした。それぐらい、意表を突かれた美丈夫だったのだ。

「キサマが私の代理をしろ」

京の守り神が渋面でボソリと言った。

しかし、優馬は理解できなかった。

「……へ？」

ゆらり、と須佐之男命が動いた。

そのまま風か何かのように、祭壇の外に出てしまう。

これらはほんの一瞬の出来事であり、優馬は瞬きをする間もなかった。これこそ、神の移動である。

「……須佐之男命様、どこに行かれますか？」

八稚が真っ青な顔で追いかけたが、須佐之男命は振り返らない。空高く上がっていく。

「八稚、よくも私に恥をかかせたな」

「お願いします。お戻りください。須佐之男命様がおらねば八岐大蛇が参ります」

八稚が滝のような涙を流したが、須佐之男命はいっさい怯まない。ブチリ、と堪忍袋の緒《お》が切れたのだろう。

「人の欲望に塗れた場は八岐大蛇にくれてやれ」

昔はこんなにひどくなかった、という須佐之男命の痛切な無念が鋭敏な矢となって優馬の胸を突き刺す。

痛い。

今までどんなことがあっても、須佐之男命は京の都を守ってきたのだ。

けれども、とうとう愛想が尽きたらしい。

言うまでもなく、優馬は口が挟めなかった。

「須佐之男命様ーっ」

八稚が引き留めるのも虚しく、須佐之男命はどこかに消えてしまった。

もはや、八坂神社の主祭神である須佐之男命はいない。勇名を轟かせた男神が消えた途端、空気が変わった。

波動が落ちた。

それは優馬でも肌で感じる。

「……あ、とうとう家出した？　家出だよな？　家出じゃないのか？」

ただひとり取り残され、優馬は呆然と立ち竦む。

ドンッ、と外国人観光客にぶつかり、ようやく優馬は自分が賽銭箱の前に立っていることに気づいた。

「……あ、あれ？　俺は祭壇の奥にいたのにどうして賽銭箱の前にいるんだ？　……あれ？」

優馬がきょろきょろしていると、外国人観光客に文句を言われる。邪魔だ、と言っているのだろう。

「……あ、もう俺の身体が見えるのか」

優馬は自分の姿が人の目に映ることを知った。おそらく、八稚がいなくなったからだろう。確かめるようにその場を踏みしめる。

そして、改めて神聖なはずの周囲を眺める。

「……須佐之男命が怒っても仕方がない。いくらなんでもこれはひどい……って、待て。

翡翠か？　翡翠なのか？」

　外国人観光客の団体がいる。

　その中心にはいやというほど知っている幼子がいた。

「ぺこぺこ、ぱんぱん、ぺこ、ひちゅ」

　翡翠が外国人観光客の団体に参拝の作法を教えていた。

　外国人観光客の団体はあれほど傍若無人に振る舞っていたのに、それぞれ、翡翠に教えられた通り、礼儀正しく二礼二拍手一礼の作法で参拝した。

　同じ外国人観光客の団体とは思えない。

　こうやって、ちゃんと礼儀正しく参拝したならば、須佐之男命も怒ったりはしなかっただろうに。須佐之男命ならば異国の参拝者であれ、嬉々として福徳を授けたに違いない。

……優馬はそんな気がした。

「……翡翠、やるな」

　翡翠に感心したのも束の間、優馬は今さらながらに自分がいる場所を思いだした。

「……ここは京都だよな？　京都のどこだ？　どうやって帰ればいいんだ？　……財布なんか持ってないぜ？　スマートフォンもないぜ？　月讀神社の神前に行く前に置いたんだよな？」

　優馬は着の身着のままで古都の八坂神社に飛ばされた。神や眷属にとってはなんでもないことなのだろう。

　けれど、人間にとっては。

「……ど、どうやって帰ればいいんだ？」

　血の気が引く優馬とは裏腹に、外国人観光客の団体に参拝のマナーを教える翡翠は溌剌《はつらつ》としていた。次から次へとお菓子をもらうから当然かもしれないが。

　ぐ〜きゅるるるるるるる、と優馬の腹部で餌《えさ》のいらない蛙《かえる》が鳴いた。朝食を食べる前に飛ばされたのだから無理もない。

「……腹が減った」

　優馬が独り言のようにポツリと零すと、賽銭箱によじ登っていた外国人観光客の子供がお菓子をくれた。

　天真爛漫《てんしんらんまん》な笑顔だ。

「ありがとう」

　お菓子は好きではないが、差しだされたものを拒んだりはしない。優馬は優しく礼を言うと、お菓子を受け取る。そして、頭を撫でた。

「……悪い人たちじゃない。ただマナーが悪いだけだ。マナーを知らないだけなんだ。マナーを知れば……ああ、それどころじゃねぇ、どうしたらいいんだ」

　優馬が頭を抱えていると、翡翠がヨチヨチと近寄ってきた。手に抱えきれないくらいのお菓子を持って。

「ママ」

その場にいた外国人観光客の視線がいっせいに優馬に集中する。

ママ、という言葉は万国共通なのか。

生涯、この時の外国人観光客の顔は忘れない。

痛いなんてものではないし、いたたまれないなんてものでもない。須佐之男命のように風か何かのように消えてしまいたい。

……否、さっさと物事のわからないチビッ子の口を塞がなければならない。

優馬は真っ赤な顔で、慌てて翡翠を抱き上げた。

「……翡翠、ママはやめてくれ……俺はママじゃないからな。俺はお兄ちゃんだぞ……で、これからどうしようか……警察に駆け込むか……なんて言えばいいんだ?」

優馬は一文無しで京都にいる理由を、上手く説明する自信がなかった。もっとも、この場でどんなに悩んでいても仕方がない。

優馬はあれこれ手を考えながら、翡翠を抱いて八坂神社から出た。折しも、さらに外国人観光客の団体が押し寄せる。大嵐のように。

「ママ、ママ、タッタッタッタッ」

翡翠は自分の足で歩きたいらしく、優馬の腕の中でモゾモゾと動きだした。

「翡翠、暴れるな」

「ふんっ、パパのママ」

「パパのママ？　お祖母ちゃんって意味だぜ？　ばあばは明雲さんだろう？」

翡翠の言葉に驚き、優馬の腕の力が緩んだ。

ぴょん、と翡翠は優馬の腕から飛び降りてしまう。

「パパのママ～っ、パパのママ～っ」

翡翠はヨチヨチヨチヨチヨチヨチ、と着物姿の観光客が行き交う通りを進む。幼子の足だが、意外にもすばしっこいし小回りが利く。

「翡翠、待て、俺を置いていくな」

「パパのママ、パパのママ～っ」

古都らしい風情が漂う街並みに見惚れている余裕はいっさいない。優馬はどこをどう走っているか、まったくわからなくなった。ただただヨチヨチと進む翡翠を追いかける。

和雑貨屋の前に差しかかった時、はんなりとした風景にそぐわない大男が視界に飛び込んできた。

ヤクザだ、と優馬でもなんとなくわかる。黒いスーツに黒い靴、胸には金バッジ、頬に傷がある大男はいかにもといった極道だ。

「パパのママ」

いきなり、翡翠は黒いスーツに身を包んだ大男に飛びついた。

「……ひっ……翡翠？」

そいつはヤクザだろ。

よく見れば手の甲にも傷がある。

絶対にヤクザだ、と優馬の背筋に冷たいものが走った。

翡翠が抱きついた黒いスーツ姿の大男は、どんなに楽観的に考えても一般人ではない。迫力が尋常ではなく、今まで見たギャングのメンバーが子供に見える。

「パパのママなの～っ。ちゃっちゃっちゃっちゃっなの～っ」

翡翠の無邪気な笑顔と舌足らずな声が響き渡る。

よ、よりによって、よりによって、ヤクザにパパのママかよ、と優馬の心臓が止まった。……止まったかと思った。

スッ、とヤクザが無言で近寄ってくる。

逃げたいけれど、足が竦《すく》んで逃げられない。

「小野優馬くんですね？」

迫力がある大男に名を口にされ、優馬は派手に仰け反った。

「……え？」

「失礼しました。諏訪疾風の関係者の広陵《こうりょう》です」

広陵と名乗った大男から意外な名を聞き、優馬は顎を外しかけた。

「……えぇ？　疾風？」

スッ、と広陵からスマートフォンを差しだされる。

『……優馬、どうしてそんなところにいる？』

聞き覚えのある声がスマートフォンから聞こえてきた。翡翠に『パパ』と呼ばれ、受け入れている疾風だ。

「……疾風、俺も何がなんだかわからねぇ……何がなんだかわからねぇけど無事……ただ、金がないから帰れない」

優馬は現実主義者にどう説明すればいいのかわからなかった。それでも、差し迫った現状は告げる。

『迎えに行く。それまでカシラのそばにいろ』

「……カシラ？」

『広陵は板東一場組の若頭《わかがしら》だ。俺の兄みたいなものだ』

疾風はいつもの調子で言うと通話を切った。優馬にあれこれ尋ねさせてくれない。

「……えぇ？」

優馬はスマートフォンを手にしたまま、惚けた顔つきで広陵を見上げる。疾風の目つきも鋭いが、広陵はさらに鋭い。触れたら刺し殺されそうな雰囲気だ。

しかし、広陵は深々と腰を折った。

「ボンがお世話になっております」

広陵に礼儀正しく挨拶され、優馬は慌ててお辞儀をした。

「……は、はぁ……こちらこそ」

優馬が震える手でスマートフォンを返すと、翡翠は楽しそうに笑いながら言った。

「パパのママ～っ、パパのママなの～っ。いたたなの～っ」

なでなで、と翡翠は広陵の頬にある傷を小さな手で撫でている。幼心にも頬に残る傷痕に思うところがあるのかもしれない。

「翡翠、なんてことを言うんだ」

疾風の兄みたいなもんだったら大丈夫か。

……大丈夫じゃない、と優馬は死闘を乗り越えてきたに違いない極道に頭を下げた。怖くて視線が合わせられない。

「構いません。自分はボンに『ママ』と呼ばれておりやした」

一瞬、優馬は聞き間違いかと思った。

「……は？　ママ？」

ボンって疾風のことだよな、あの疾風がこのヤクザをママって呼んでいたのか、嘘だろう、と優馬は関東屈指の暴力団で若頭を務める極道を見つめた。疾風と同じように、広陵は冗談を言うタイプではないはずだ。

「姐《あね》さん……つまり、ボンのオフクロさんが抗争の巻き添えを食らって亡くなりました。ふたり目のオフクロさんも三人目のオフクロさんも立て続けに抗争に巻き込まれて亡くなりました。自分が住み込みでボンをガード……ボンのお世話をすることになったのです」

まだボンは二歳にもなっていませんでした、と広陵はどこか遠い目で在りし日の修羅について語った。そのせいか、翡翠を抱く手に危なっかしさはない。新米ママの優馬よりずっと慣れた手つきだ。

「……そ、それで広陵さんを『ママ』って呼んだんですか？　あの疾風が？」

極道の世界に詳しくないが、一時、派手な抗争があったことは話に聞いて知っている。疾風の過去に胸が痛んだ。

「ボンは今まで友人をひとりも作ったことがありません。友人に危害が及ぶことを恐れていたのでしょう」

ボンと友人になってくださって感謝します、と広陵は言外に匂わせている。なんとも形容し難い哀愁《あいしゅう》が漂っていた。

「俺は助かっています」

落ち着いてみれば、広陵の後ろに甲冑姿のサムライがいる。日本のサムライではない。毘沙門天と同じく四天王に数えられる増長天《ぞうちょうてん》だ。

……ああ、ヤクザの広陵さんに増長天がついているんだ、ヤクザだけど悪い人じゃないのか、と優馬は広陵という極道に信頼印をつけた。

「優馬くんはボンの初めての友人です」

ボンをよろしくお願いします、と広陵に改めて深々と頭を下げられた。優馬は面食らってしまうが、それだけ疾風を取り巻く環境が厳しいのに違いない。

魔物に比べたら人間のヤクザはチョロい、なんて考えてしまう。確実に優馬の中で何かの価値観が狂ったことは確かだ。

翡翠はそれまでおとなしかったが、突然、ぴょんっ、と広陵の逞しい腕から飛び降りた。ヨチヨチヨチヨチ、と目の前の土産物屋《みやげものや》に突き進む。

「パパのママ～っ、パパのママ～っ」

翡翠が土産物屋で犬のぬいぐるみを振り回した。店員はほかの観光客と一緒に楽しそうにニコニコと笑っている。

「……お、おい、翡翠」

優馬は顔をヒクヒク引き攣らせたが、広陵は無言で店員に犬のぬいぐるみ代を支払った。

「あ～とう」

翡翠は誰に何を言えばいいのか、よくわかっているらしい。優馬には一声もかけず、広陵を従えて土産物屋や菓子店にヨチヨチと進む。

「翡翠、待て」

いつもあんなに纏わりつくのに俺の存在を完全に無視していやがる、と優馬はしたたかな翡翠に舌を巻いた。

……いや、舌を巻いている場合ではない。

瞬く間に、翡翠は玩具やらお菓子やらあれこれたくさん広陵に買わせる。そのうえ、荷物持ちも広陵だ。

「広陵さん、すみません。ありがとうございます……っと、翡翠、それでもういいだろう。そんなにぬいぐるみばかり買ってもらってどうするんだ。犬や猫や象がいるんだから、ブタのぬいぐるみはもうよせ」

いったいいくつめだ、と優馬は翡翠が手に取ったぬいぐるみに焦った。

すると、広陵は表情をいっさい変えず、渋い声で指摘した。

「ブタじゃなくてクマです」

「広陵さん？　クマ？」

「ボンもクマが好きでした」

「……ぷっ……あの疾風がクマ……って、笑っている場合じゃねぇ。広陵さん、そんなにいいです。翡翠、お前はぬいぐるみ屋でも開くつもりかっ」

優馬がどんなに止めても、広陵は翡翠が手にしたものを買い与える。まさしく、初孫に財布の紐が揺るむ祖母そのものだ。

広陵さん、見かけは怖いのに甘い、と優馬は広陵に対するイメージが変わる。

広陵は疾風と同じように表情が乏しく、鉄仮面を被っているようだが、ねだる翡翠が可愛くて仕方がないらしい。優馬の目にはそう映る。

「翡翠、待て。もうヨチヨチ歩かせられねぇ」

甘味処《かんみどころ》に突き進む手前、優馬はようやく翡翠の捕獲に成功する。

「ママ、まんま。まんま」

バタバタバタバタッ、と翡翠の手足が甘味処に向かって動く。

「ほうじ茶のアイスやら柚子《ゆず》の最中《もなか》やらチョコの餅やら豆腐のドーナツやら抹茶のなんとかなんとかやら、たくさんもらって食べただろう。まだ食べ足りないのか？」

行き交う観光客や店の店員にも、翡翠はあれこれ甘いお菓子をもらって食べた。すでにベビー服の前は抹茶あんや小豆《あずき》あんでドロドロだ。

「ママ、モグモグ」

翡翠の言葉に呼応するかのように、優馬の腹部で餌のいらない蛙が鳴く。ぐ～きゅるるるるるる～っ、と。

「翡翠、俺は甘いのは嫌いだ。これから何かもらう時は甘くないのをもらってくれ。ポテトチップスや煎餅《せんべい》なら食える」

自分でも何を言っているのかと思ったが、滑りだした優馬の口は止まらない。ただ、空腹でも甘ったるいスイーツは食べたくなかった。

「食事にしましょう」

気づきませんで失礼しました、と広陵の鋭い目は雄弁に語っている。後方十メートル先に立つ若い男に手で合図をした。どうやら、広陵の部下ならぬ舎弟らしい。

「そこまでしていただくわけには……」

「どうかご馳走《ちそう》させてください」

一見《いちげん》さんお断りという店ではないだろうか。古都の魅力が凝縮されたような京料理店で、優馬は翡翠や広陵と上品な味付けの会席料理を食べる。翡翠がどんなに騒いでも、個室だから気にしなくていい。……いや、個室でもこのはしゃぎっぷりはヤバいだろう。おそらく、広陵の顔で見逃してもらっているに違いない。

優馬はいたたまれなかったが、遠慮せずにすべて平らげた。翡翠は氷菓子まで食べた後、豪快な鼾を立てて寝る。

ぬいぐるみに埋もれ、お昼寝タイムだ。

「翡翠、いったいどこまでワガママなんだ」

翡翠の寝顔が最高に可愛いから暴君ぶりが際立《きわだ》つ。

「ボンを思いだします」

「疾風もこんなにワガママ大魔王だったんですか？」

「……ボンはワガママ……ワガママらしいことをいっさい言わず、何事も耐えている子供でした。だからこそ、不憫《ふびん》でした」

「ワガママ大魔王じゃなくて忍耐大魔王？」

「ジブンの接し方がいけなかったのかもしれません。ボンがワガママを言えるように育ててやりたかった……オヤジの教育方針を無視すればよかったと後悔しております」

広陵による幼い疾風の話が佳境に入った頃、当の本人がのっそりと現れた。在りし日のように、唯一の友人だというクマのぬいぐるみを抱いていない。

「優馬、待たせたな」

疾風が視線で合図を送ると、広陵は一礼した。そうして、個室から出て行った。恐縮するぐらい礼儀正しいヤクザだ。

「疾風、俺のありったけの感謝を込めて、お前の誕生日にクマのぬいぐるみを贈る」

ガシッ、と優馬は疾風の逞しい肩を掴んだ。

「優馬、とうとうイカれたのか？」

疾風の鋭敏な目は、これ以上ないというくらい冷たい。心なしか、個室の温度が一気に下がった。クーラーの効きすぎではない。

「バイトに励んで、クマのパジャマもつけてやる」

「クマから戻ってこい」

「お前のママ、見かけはごついけどいいママだな」

疾風と一緒だ、要は広陵に疾風が似たんだ、と優馬は刃物のように尖っている強面のルーツを掴む。

「広陵から何を聞いたのか知らないがすべて忘れろ。広陵はああ見えて、いくつもの戦争を勝ち抜いた板東一場組の若頭だ」

「ヤクザより神さんのほうがひどい」

優馬は増長天が加護している極道と厄介事を弟子に回す月読命を比べてしまう。比較するだけで罰当たりかもしれないが。

「正気に戻れ」

「俺は正気だ」

「……ならば、聞く。どうして本殿にいたお前と翡翠が京都にいる？」

疾風は憮然とした面持ちで、優馬のスマートフォンを差しだした。神前に進む前、無粋《ぶすい》な通信機器は電源を切って置いたのだ。

「月読命に飛ばされた」

優馬はスマートフォンを受け取りながら事実を告げた。

「明雲みたいにおかしなことを言うな」

さすがというか、明雲は何があったのか気づいたらしい。だが、疾風は説明されても信じていない。

「本当だ。あっという間に飛ばされた」

「信じろというほうが無理だ」

「俺だって信じられないけど本当なんだ」

「ヘリを飛ばしたのか？」

「俺にヘリが飛ばせるわけないだろう」

「この話はお前の頭が正常に戻ってからにしよう」

疾風は強引に話を終わらせようとした。おそらく、どんなに時間をかけて話し合っても、永遠に交わらない平行線を辿ったままだ。

「……おい、俺は今も正常だぜ」

「そういうことにしておいてやる」

疾風の不遜な態度に、優馬の神経がささくれだった。広陵から聞いた在りし日の疾風と同一人物とは思えない。

「クマのぬいぐるみと広陵ママがいないと眠れなかったくせに。クマのぬいぐるみを抱いたまま、広陵ママの後を追ったくせに。広陵ママの殴り込みに隠れてついていったくせに」

「……今日、広陵はたまたま仕事で京都にいたらしい。祇園で優馬と翡翠を見かけて、俺に連絡を入れた」

お前が思い詰めた顔をしていたから心配したそうだ、と疾風は独り言のようにボソボソと続けた。

「広陵さん、いい人だな」

「馬鹿野郎、ヤクザより悪い奴らがいっぱいいる」

「ヤクザより悪い奴らがいっぱいいる」

一瞬、ふたりの間に沈黙が走る。

もっとも、すぐに静寂を極道の息子が破った。

「それは否定しない。今は玄人《くろうと》を凌駕する素人が多い……気をつけろ」

疾風が真剣な顔で注意した時、翡翠が目覚めた。

「ふぁぁぁぁぁぁぁぁぁぁ～っ、ママ、パパ、ママ、パパ、ちゃっちゃっちゃっなの～っ。ぱんぱんなの～っ」

小さな怪獣が起きた途端、騒がしくなった。もはや、優馬と疾風は悠長にお茶を飲んでいられない。

　優馬は翡翠を抱いて、疾風とともに京料理店を後にした。広陵の舎弟が手配した車が待機している。疾風の姿を見た途端、深々と頭を下げた。

「瀬名《せな》、助かる」

　瀬名、と疾風は車の前で一礼した青年を呼んだ。

　瀬名には四天王のひとりである広目天《こうもくてん》がついている。ヤクザにしては線が細いし、顔立ちも優しいが、板東一場組の構成員には違いない。

「ボン、送ります」

「いや、俺が運転する。構わない」

　疾風は瀬名から車のキーを受け取ると、優馬に視線を流した。

「優馬、義孝が心配している。帰るぞ」

　優馬にしても一刻も早く、東京に戻りたいが、そういうわけにはいかない。一応、礼儀は果たしたい。

「疾風、帰る前に八坂神社に寄ってくれ」

「八坂神社?」

「そうだ。八坂神社にお参りしてから帰る」

　須佐之男命や八稚が不在でも、きちんと挨拶をしてから戻りたかった。これが優馬なりの仁義だ。翡翠を抱いて八坂神社に向かって歩きだす。

疾風は瀬名と別れ、スタスタとついてきたが。

「……おい、優馬」

「八坂に寄ってから帰る」

「それはわかった」

「わかったら文句はナシだ」

「前を見ろ。壁だ」

疾風に注意されなければ、優馬は壁に衝突していた。翡翠を抱いたまま。

「……あ、どうしてこんなところに壁があるんだ？」

優馬は虚ろな目で壁を避け、疾風の後に続いた。翡翠は無邪気な笑顔を浮かべ、手足をパタパタさせている。

「大丈夫か？」

「……ん、突然だが、職場放棄のイケメンをどうしたら職場復帰させられると思う？」

優馬の脳裏には八坂神社から風のように去った須佐之男命が焼きついている。京の守り神は激昂していたが、誰よりも悲しそうに見えたから。

「いきなり、どうした？」

風雅な飲食店や土産物屋が並ぶ通りでは、着物姿の外国人観光客がますます増えている。

活気があるというより騒々しい。

「聞いているのは俺だ」

「職場放棄する奴はそれまで」

疾風はいつもと同じように無表情で淡々と言った。

「それまで、って？　どういうことだ？」

「見捨てろ」

「スゴい奴なんだ」

須佐之男命だから見捨てる、見捨てない、というわけではないけれども、疾風の言い草に優馬は困惑した。

「どんなにスゴい奴でも職場放棄した時点で終わりだ」

「職場放棄する気持ちもわかる」

優馬は神ではないが、あの騒然とした神域には辟易した。正直に言えば、お参りしたいとは思わない。

「甘いな」

「甘いかな？」

「うちなら破門だ」

「破門？」

「ああ……ほら、布教活動している新興宗教の黒幕はオヤジが破門した元構成員だ」

疾風が示した先には、いかにもといった生真面目そうな若者たちが声を嗄《か》らして、世界平和や子供の明るい未来を唱えていた。昨今、あちこちで『羅針原理教《らしんげんりきょう》』という宗教団体を見かける。優馬と疾風が通う大学内でも、何人か信者がいたはずだ。

「……へっ？　羅針原理教って恵まれない子供たちを救うために設立したっていう宗教団体じゃないのか？」

子供を助けるため、とキャンパスで力んでいた羅針原理教の信者を見た記憶がある。優馬に笑顔で近づいてきた学生のひとりだ。

「旗印《はたじるし》はなんとでも掲げられる」

「それもそうだな。ひでぇ」

「東京にデカい支部があるが、本部は京都だ」

「京都が本部？」

優馬と羅針原理教の生真面目そうな信者と目が合った。背後に魔物は憑いていないが、神仏も加護していない。

タッタッタッ、と生真面目そうな信者は目にも留まらぬ速さで近づいてきた。

「お手間は取らせません。ほんの少しのお時間でいいんです。耳を傾けてください」

「悪い、俺たちは急いでいるから」

少しでも足を止めたら厄介だ。経験上、優馬はよく知っているから素っ気なく通り過ぎようとした。

「この乱れた世、最も苦しめられるのは誰でしょう。無力な子供です。神が無力な子供を救うために降臨《こうりん》されました。羅針原理教の教祖です。神が降臨されました」

神の降臨、という言葉に優馬の足が止まった。何せ、瞼にキラキラ光る月讀命や猛々しい須佐之男命が過ぎったから。

「……は？　神の降臨？」

「そうです。羅針原理教の教祖は神が降臨した姿です。私たちと一緒に神に仕え、哀れな子供たちを助けませんか。あなたができるだけ、あなたができるだけのご奉仕でいいのです。神はあなたに福徳を授けるでしょう」

生真面目そうな信者は勢い込んだが、優馬は馬鹿馬鹿しくてたまらない。反射的に足を止めたことを悔やんだ。

「お前、賢そうに見えるけど馬鹿か」

よくよく見れば、ほかの信者たちの背後には、それぞれ、禍々《まがまが》しい邪悪な蛇が取り憑いている。魔物に取り憑かれていないのは、優馬の目の前に立ち塞がった信者ぐらいだ。

「……なんて罪深いことを仰る。その曲がった心を改めないとあなたの道は閉ざされたままです。数多の災難がふりかかるでしょう」

生真面目そうな信者は心の底から羅針原理教の教祖を信じていた。マインドコントロールされているのだろう。

「俺は神の弟子だ」

優馬が吐き捨てるように言うと、生真面目そうな信者は目を丸くした。

「優馬、相手にするな」

疾風に今さら注意されるまでもない。本来、こういった手合いは無視するに限る。

「わかっている」

優馬は翡翠を抱き直すと、信者を振り切るように走りだした。

「……羅針原理教の神に逆らってはいけません。禍《わざわい》を受けます。私とこうやって出会えたのは神のお導きです。せっかくのチャンスをみすみす逃さないでください」

背中超しに信者の脅迫じみたセリフが聞こえてくるが気にしない。優馬は一度も振り返らなかった。

「疾風、羅針原理教があんなに胡散臭い新興宗教だって知らなかった」

「今の奴は新人だろう。布教の上手い奴が多いらしいぜ」

勅使河原周治《てしがわらしゅうじ》も口が上手かった、と疾風は羅針原理教の黒幕だという元構成員について言及する。

「ひでぇな」

そうこうしているうちに、四条通りの突き当たりにある八坂神社に辿り着いた。堂々とした西楼門は格好の写真撮影のスポットだ。

「疾風、驚くな。神社がレジャーランドになっている」

「今、多いぜ」

「知っているのか？」

「今さらだ。そのうち神社仏閣も海外資本に買収されるんじゃないか」

「……買収？」

罰当たり、と優馬が独り言のように零した時、翡翠を抱いていた腕の力が弱まった。その隙を逃さず、翡翠は飛び降りてしまう。ぴょん、と。

「たったたっ、なの～っ。たったたった～っ」

翡翠はヨチヨチヨチヨチヨチと外国人観光客の団体の間を器用に進む。もちろん、優馬と疾風は慌てて追いかけた。

「翡翠、待て。迷子になるぜ」

「優馬、下ろすな」

「俺も下ろす気はなかった。勝手に飛び降りやがったんだ……え？」

西楼門を潜った途端、優馬は息苦しくて倒れそうになった。それでも、翡翠を追いかけた。小さな後ろ姿を追いかけたが、とうとう走れなくなった。……いや、もう立っていることさえできない。

「……おい、優馬？　優馬？」

疾風が心配そうに覗き込んでくる。

「……疾風、苦しい」

ぎゅっ、と優馬は疾風の腕を掴んだ。

「大丈夫か？」

優馬は疾風の腕を掴んだまま、邪悪な闇に塗れている神域に視線を流した。朝も外国人観光客でごった返していたが、こんなに邪悪な気には染まっていなかった。

なんの気なしに、本殿を見上げる。

「……ひっ」

本殿を被うように大蛇がいる。

それも普通の大蛇ではない。
一、二、三、四、五、六、七、八、と優馬はにょろにょろと蠢く大蛇の首を数えた。八つの首、すなわち八つの顔がある大蛇だ。今まで見た魔物とは比べようもない。
「八岐大蛇！　須佐之男命様、戻って来てくだされーっ」

須佐之男命に仕えている八稚が悲鳴を上げながら逃げる。

けれど、無残にも八岐大蛇に食い殺された。

一呑みだ。

「……ひぃぃぃぃぃぃぃぃぃぃぃぃぃぃぃぃぃ～っ、須佐之男命様、助けてくだされーっ」

須佐之男命に仕えているほかの眷族たちも、次から次へと八岐大蛇に丸呑みされる。もはや、八坂神社の主は八岐大蛇だ。

これが八岐大蛇か。

須佐之男命がいなくなったから八岐大蛇に乗っ取られたのか。

そういや、須佐之男命が退治した八岐大蛇の子供が生きているとか言っていたよな。

チャラ男神が美女神たちにおだてられていい気になって、八岐大蛇退治を引き受けたよな。

……弟子に回したんだよな。

こいつか、こいつかよ、絶対に無理だ、と優馬の血の気が引いた。疾風に掴まったまま、カチンコチンに固まる。

「……おい、優馬、翡翠を見失った」

「疾風、俺のことはどうでもいい。翡翠を捕まえてくれ」

優馬が掠れた声で言うや否や、疾風は物凄い勢いで走りだした。翡翠が消えた外国人観光客の団体に突っ込む。

「……翡翠、戻って来い……いつも俺がいないと騒ぐくせにどうして……え？　翡翠？」

須佐之男命に仕えている神や巫女たちは八岐大蛇から逃げる。……が、逃げられずに丸呑みされた。

唯一、黄緑色に近い緑色の小さな龍神は逃げたりはしない。雄叫びを上げつつ、八岐大蛇に真っ向から立ち向かった。

「くぉくぉくぉくぉーっ」

翡翠だ。

あのチビ龍は優馬が育てている翡翠だ。

いつの間に人間の幼児から龍神に変身したんだ。

どうして逃げないんだ、と優馬は愕然とした。

「……ひっ……ひ、翡翠、逃げろ。とっとと逃げろーっ」

無理だ。

やられる。

逃げろ、と優馬は力の限り叫ぶ。

「くぉくぉくぉくぉーっ、くぉーっ」

翡翠に優馬の魂が迸《ほとばし》る絶叫は届かない。

果たせるかな、八岐大蛇は小さな龍神の存在に気づいた。

「身のほど知らずめ」

八岐大蛇は不気味にほくそ笑む。

ぶわっ、ぶわぶわぶわぶわぶわぶわーっ、と翡翠は八岐大蛇目がけて緑色の炎をお見舞いした。優馬が知る限り、未だかつてない激しい炎だ。

「……うっ……く、苦しい……」

優馬は翡翠の激烈な炎のダメージを食らう。

が、肝心の八岐大蛇はせせら笑っている。

「生温《なまぬる》い」

パクリ。

八岐大蛇が小さな龍神を呑み込んだ。

ほんの一瞬の出来事だ。

ハラリ、と優馬の前に翡翠色の若葉が落ちてきた。

「……ひ、翡翠？」

夢だな。

悪い夢だな。

あの翡翠が食われたなんて夢に決まっている。

夢だと思いたい、と優馬は邪悪な瘴気を発散させる八岐大蛇を見上げた。どこをどう探してもチビ龍はいない。

優馬の手にはつい先ほどまで翡翠が抱いていた犬のぬいぐるみがあった。

「月讀命の龍は美味《びみ》なり」

八岐大蛇は優馬を見つめながら言った。

「……翡翠を……翡翠を食いやがったのか……」

恐ろしい。

それ以上に憎い。

許せん、と優馬の目から大粒の涙が零れ落ちた。

『龍が育てばお主《ぬし》も育つ』

どこからともなく以前聞いた、恵比寿命《えびすのみこと》の声が耳に届いた。優馬の脳裏に深く刻まれた言葉だ。

『龍を生かすも殺すもお主次第じゃ』

恵比寿命の教えが真実なら、翡翠を殺してしまったのは俺か。俺なのか。ちょっとした隙に翡翠を離してしまった俺の責任か。

優馬の目から滝のような涙が流れる。

「月讀命の弟子も美味そうだな」

八岐大蛇が優馬に狙いを定めた。

翡翠と同じように丸呑みするつもりだ。

「……翡翠、お前は俺と同じメシを食いたいがために一気に大きくなった。お前の食い意地は本物だ。誰にも見習えない食い意地だ。なのに、どうして俺と一緒にスキヤキも焼肉もトンカツも食わねぇ間に自分が食われているんだ。俺はこんな大蛇野郎に食わせるために、お前のおむつを替えたわけじゃねぇぜ。もっと言えば、お前も龍神なら俺と一緒に牛丼を食えーっ」

優馬は八岐大蛇に向かって叫んだ。八岐大蛇が呑み込んだ翡翠に向かって叫んだ。

「月讀命の弟子、威勢がいいな」

くわっ、と八岐大蛇の一番大きな顔の口が開いた。

飲み込まれる。

これまでか。

これまでなのか。

「……っ、このチャラチャラのチャラ男神、弟子の危機に何をしているんだ。弟子を守るのは師匠の役目だ。職場放棄は月讀命、キサマだぜーっ」

優馬は瞼を過ぎった月讀命に向かって凄む。

が、月讀命の姿は現れない。金色のオーラも使いの龍神も現れない。どこかで見ているだろうに無視している。

「……兄が兄なら弟も弟だ。おい、チャラ男神の弟、家出少年……じゃねぇ、いい歳こいて家出はないだろう。八坂神社がどんな状態になっても守るのが主祭神の仕事だ。マナーの悪い参拝者ばかりじゃなくて、昔と同じように崇敬《すうけい》している参拝者も多いはずだぜ。八岐大蛇如きに八坂を乗っ取らせる馬鹿がどこにいる。家出少年、戻ってこいーっ」

優馬は八岐大蛇の大きく開けられた口に向かって叫んだ。シュッ、と八岐大蛇の目に犬のぬいぐるみを投げつけながら。

その途端。

シュゥゥゥゥゥゥゥゥゥゥ、と青みがかった銀色のオーラがどこからともなく流れてきた。八岐大蛇の邪悪な瘴気が薄まる。

「兄上の弟子、永い時を生きてきたが、家出少年と呼ばれたのは初めてだ」

青みがかった銀色のオーラとともに出現したのは、八坂神社の主である須佐之男命だ。誰よりも凜々しい男神である。

「そんなのはどうでもいい。どうでもいいから、さっさと八岐大蛇を退治しろ」

遅いっ、と優馬は鬼のような形相で力んだ。

「それが頼む態度か？」

神代、須佐之男命は高天原を追放され、葦《あし》の原の中《なか》つ国に降りた。八岐大蛇を退治する条件は美しい姫を妻としてもらい受けることだった。言わずもがな、優馬には須佐之男命に差しだすような姫はいない。

「八岐大蛇退治は家出少年……じゃない、須佐之男命様の仕事だ。ここは須佐之男命様の本拠地です」

「兄上の初めての弟子は生意気だ」

須佐之男命に尊大な態度で言われ、優馬は渾身《こんしん》の右ストレートを繰りだした。

スカッ。

須佐之男命には難なく躱されてしまう。

「さっさとやれよ」

優馬が憎々しげに言うと、須佐之男命は横目で八岐大蛇を眺めた。

「兄上の龍が暴れている。やるな」

ふっ、と須佐之男命は余裕たっぷりに鼻で笑う。その屈強な身体から漲るオーラの輝きが一段と増した。

「……え？　兄上？　月讀命の龍？」

優馬は八岐大蛇に視線を流した。

その瞬間、グワシャーッ。

八岐大蛇の一本の首が破裂した。

漆黒の血が辺りに飛び散る。

「くぉくぉくぉくぉくぉ～ん」

漆黒の血を浴びながら、小さな龍神が飛びだしてきた。ほかでもない、優馬がおむつを替えた翡翠だ。

「……ひっ……ひ、翡翠ーっ？」

優馬は小さな龍神に向かって両手を伸ばした。

ぎゅっ、と抱き締めるために。

「……ぎ～どん」

一瞬にして、小さな龍神が人間の幼児に変わる。

ストンッ、と優馬の腕に落ちてきた。

「……翡翠？」

すっぽんぽんの翡翠だ。

「ママ、ぎ～どん、ぎ～どん、モグモグ」

チビ龍は八岐大蛇の体内で優馬の声を聞いていたのか。

「……翡翠、ぎ～どんって牛丼だよな。たいした食い意地だ。牛丼を食うために八岐大蛇の腹から戻ってきたんだな」

この際、なんでもいい。

翡翠が戻ってきたからいい。

ぎゅっ、と優馬は丸々とした翡翠の身体を抱き締めた。ワガママ大魔王が可愛くてたまらなくなる。

「兄上の龍はやりおるが、八岐大蛇は倒せない」

いつしか、須佐之男命の手には神剣が握られていた。ちはやぶる時代、八岐大蛇を退治した神剣だ。

「須佐之男命、ここはわしがもらった」

八岐大蛇は顔をひとつ潰されたぐらいではビクともしない。さらなる邪悪な瘴気を発散させながら、真っ黒な蛇を何匹も飛ばす。

シュルルルルルルルルルッ、と何匹もの真っ黒な蛇が優馬に絡みついた。ぽちゃぽちゃの翡翠にも絡みつく。

須佐之男命にも真っ黒な蛇が絡みついた。

だが、須佐之男命の青みがかった銀色のオーラによって塵《ちり》と化す。根の国を統治する神の力は桁違いだ。

「八岐大蛇、覚悟しろ」

京の守り神と最強の魔物が衝突すれば、地上もただではすまない。それまでの晴天が打って変わって、古都は暴風雨に襲われた。

優馬の足下では観光客が突然のゲリラ豪雨に悲鳴を上げ、軒先に避難している。絶え間ない落雷も凄まじい。

「その言葉、そのまま返す」

「遊んでやりたいが、お前相手に遊んだら京の都が水の底に沈むな」

当然といえば当然だが、須佐之男命は古都を襲った激しい暴風雨の原因に気づいている。落雷で古い町屋が何軒も倒壊した。

「父のようにやられはせぬ」

「お主、父より無様《ぶざま》」

グサリ、と須佐之男命の神剣が八岐大蛇の一際強く光る目を貫いた。

「……ううっ」

シユゥウウウウウウウウウウウウ～っ、と神剣が突き刺された八岐大蛇の目から禍々しい邪気が溢れだす。

「あの時、八岐大蛇の子供など、気にも留めなかった。俺も若かったな」

「……須佐之男命……よくも……八坂を捨てたではないか……」

「兄上の弟子にあんな生意気なことをほざかれ、黙ってはいられない」

須佐之男命は横目でチラリと優馬を見た。

そうして、何気なく。

ズブリ、と八岐大蛇にトドメを刺す。

「……無念……」

「八岐大蛇、二度と目覚めるな」

八岐大蛇は須佐之男命の神剣により、邪悪な煙とともに消えた。同じく、八坂神社を被っていた邪悪な瘴気も晴れる。

古都を襲撃した暴風雨もどこかに去った。

一瞬の静寂。

優馬は翡翠を抱いたまま息を呑んだ。

魔物が去った古都は幻想的なまでに美しい。

キンキラキラキラ、といずこからともなく吹いてきた金色の風が静寂を破る。誰よりも煌びやかな月讀命の登場だ。

気づけば、優馬は翡翠を抱いた体勢で金色の雲の上にいた。眼下には雅なる古都が広がっている。

「優馬、君なら私の弟を動かせると信じていた。さすが、私の弟子だね」

月讀命に誉められても、優馬はまったく嬉しくない。何より、その言葉のすべてが軽薄で嘘っぽい。

「チャラ男神、さっさと助けに来い……じゃない、月讀命様、俺と翡翠はもう少しで死ぬところでした」

優馬のてんこ盛りに溜まった鬱憤が口から飛びだした。

「肉じゃがの芋を喉に詰まらせて死ぬより美しいね」

「……あ、あのな」

「私の弟には困った。あの子は昔から職場放棄するんだ」

月讀命は弟思いの真面目な兄のような顔で愚痴を零す。もちろん、優馬は美麗な兄神を労ったりしない。

「人のことが言えるのかよ」

「この世に魔物が多いのは、あの子が職場放棄して泣き続けたからだよ。父上から海の統治を命じられたのに、母上が恋しくて泣き続けた」

月讀命が遠い神話の時代に言及した時、須佐之男命が仏頂面で口を挟んだ。

「人のせいにするな。魔物は夜に誕生する」

兄上が夜の統治に失敗しなければ魔物は生まれなかった、と雄々しい弟神は暗に匂わせた。兄と弟の間ではいろいろとあるらしい。

「弟よ、何を言っているんだい。忘れたの？」

やれやれ、とばかりに月讀命は肩を竦ませてから言い放った。

「お前が浮気して姉さんを嘆かせて天の岩戸に引きこもらせるからこの世が闇に被われ、星より多い魔物が誕生した。お前の浮気が原因だ」

一瞬、優馬は何がなんだか理解できなかった。聞き間違いだと思った。空耳だと思った。

けれど、須佐之男命の顔を見る限り、違う。

「須佐之男命の浮気で天照大御神が嘆く、ってまるで夫婦の痴話喧嘩《ちわげんか》……」

優馬は月讀命が口にした言葉と日本神話を並べた。天照大御神には貴い二神の弟がいる。月讀命と須佐之男命だ。当初、天照大御神は須佐之男命の傍若無人な狼藉《ろうぜき》を庇《かば》っていた。けれども、須佐之男命が機織《はたお》り女を殺してしまい、天照大御神は嘆き悲しんで天の岩戸に隠れた。

……天照大御神が天の岩戸に閉じこもった原因は、須佐之男命の度重なる乱行が原因ではなかったのか。神話によれば。

「……知られたからには生かしておけん」

シュッ。

須佐之男命が苛烈な形相で神剣を構えた。つい先ほど、八岐大蛇を退治した神剣の尖った先は優馬に向けられている。

「……え？　え？　須佐之男命と天照大御神は夫婦だったのか？　弟と姉の夫婦？」

優馬は神剣が向けられた恐怖より驚愕が大きい。翡翠は八岐大蛇相手に奮闘して疲れたらしく、いつの間にか、優馬の腕で鼾を掻いて寝ている。

ジリジリジリッ、と須佐之男命が距離を詰める。

ヤバい、と優馬は慌てて月讀命の背後に隠れた。

こんなことで須佐之男命に成敗されるなど、冗談ではない。そもそも、聞きたくて聞いたわけではない。兄弟神の言い合いを聞いただけだ。

「そうだよ。私たちの父上と母上も兄と妹だった」

月讀命はいつもと同じように艶然と微笑み、天照大御神と須佐之男命の夫婦関係を認めた。キラキラキラ、というオーラがやけに眩しく光る。

「……あぁ、そうか、そうなのか……弟じゃなくて旦那が浮気してブチ切れて引きこもりか……日本に引きこもりが多いわけがわかる……ゲス不倫が多いのも……」

思わず、優馬は引きこもりと不倫の多さに納得してしまう。引きこもりと不倫は現代の病《やまい》ではなかったんだ、と。

「兄上っ」

須佐之男命は激昂しているが、諸悪の原因が誰なのか、的確に掴んでいる。優馬を見るより美麗な兄神を見る目が苛烈だ。

「私の弟子だ。知られても構わないだろう」

「兄上が弟子を持つのは初めてだな」

「可愛いだろう」

ふふっ、と月讀命は楽しそうにほくそえんだ。ポンポン、と背後に隠れている優馬の肩を鼓舞《こぶ》するように叩く。

須佐之男命と月讀命は真正面から睨み合った。……否、睨んでいるのは武勇の誉れが高い弟神だ。麗しすぎる兄神は超然と微笑んでいる。

どこからどう見ても兄弟には見えない。

仲が悪いのか、仲が良いのか。優馬には仲がいい兄弟には見えなかったが、そんなに仲が悪い兄弟にも思えなかった。

なんにせよ、理解し難い兄弟神だ。

「兄上の弟子、俺の使命を果たしたら許してやる」

須佐之男命は神剣を構えたまま、横柄な態度で言い放った。

が、一瞬、優馬は何を言われたのか、まったく理解できなかった。

「……は？」

「薩摩に向かえ」

「……は？　薩摩？」

薩摩って鹿児島だったよな、と優馬は脳裏に日本地図を浮かべた。

「薩摩の志士《しし》を救え」

予想だにしていなかった須佐之男命の命令に、優馬はついていけない。ただただマヌケ面《づら》を晒すだけだ。

「……へっ？」

「叶わぬ時、根の国の窯番《かまばん》になると思え」

シュッ、と須佐之男命が神剣を振り下ろした。

その途端、根の国こと黄泉国《よみのくに》が須佐之男命の背後に広がる。巨大な窯では生前、悪事に手を染めた人間が焼かれていた。

「げーっ？」

地獄の窯番なんていやだ、と優馬は縋るように小さな翡翠を抱き締める。

「それまでお前の大事な友垣《ともがき》は人質だ」

シュッ、と須佐之男命は宙を十文字に斬った。

青みがかった銀色のオーラの中、翡翠を探し回っている疾風の姿が浮かぶ。若頭の広陵に連絡し、板東一場組の構成員にも探させていた。広陵に目をかけられている瀬名もそのひとりだ。

瀬名には広目天がついている。須佐之男命の使いである牛が何やら話しかけた。すぐに話はまとまったらしい。瀬名の前に須佐之男命の牛がつき、背後に広目天がつく。たぶん、瀬名は自分に何がついているのか、知らないだろう。誰にも気づかれないように、手早い仕草で缶コーヒーに薬を入れた。

『ボン、少し休んでください』

スッ、と瀬名は薬入りの缶コーヒーを疾風に差しだした。

『瀬名、そんな場合じゃねぇ』

『先ほどのゲリラ豪雨で身体が冷えたはずです。ボンが倒れたら元も子もない』

『そんなヤワじゃねぇ』

疾風は険しい顔つきで拒んだが、しつこい瀬名に負けて缶コーヒーを口にした。そうして、すぐに異変に気づいた。

『……瀬名、何を入れた？』

ビリリリリッ、とスタンガンが疾風の首に押しつけられた。

いくら無敵の強さを誇る疾風でも、その場に倒れ込む。疾風を加護している毘沙門天は何もしない。

周りに広陵やほかの構成員は見当たらなかった。しかし、布教活動に励んでいる羅針原理教の団体がいる。

『上手くいった』

瀬名が手で合図を送った相手は、羅針原理教の信者たちだ。あっという間に、羅針原理教の信者たちによって、疾風は白いセダンに運ばれてしまう。運転席に乗り込んだのは、優馬を勧誘しようとした生真面目そうな信者だ。

意識を失った疾風がどこかに連れ去られる。

そこで場面は途切れた。

「……は、疾風？」

優馬はB級映画かテレビでも見ているような気分だ。どうしたって、現実だとは思えない。須佐之男命が見せる作りものの映像ではないのか。須佐之男命が見せる映像だと思いたい。事実ではない、と。

「薩摩に行け」

須佐之男命の命令に同意するように月讀命は相槌を打った。

「私の弟子、任せたよ」

優馬は文句を言う間もなかった。

神様の弟子はブラック企業の契約社員に等しいのか。

神様の弟子に休む間はない。

神様の弟子はブラック

～チビ龍の子育て～

第三話

西郷隆盛《さいごうたかもり》がいた。

……いや、目の前に巨大な西郷隆盛の銅像があった。

上野の西郷隆盛像ではない。

鹿児島に飛ばされたのだと、確かめなくてもわかる。腕の中では翡翠が豪快な鼾を立てて寝ていた。

「……い、いったいどうなっているんだ……いや、疾風……疾風に連絡……」

優馬が疾風に連絡を入れようとした時、どこからか、太い声が聞こえてきた。

「須佐之男命様は男の中の男たい」

聞き覚えのない声は西郷隆盛の像から響いてくる。優馬は翡翠を落とさないように、巨大な像を見上げた。

「……は？」

違うよな、絶対に違うよな、西郷隆盛の像が話しかけているんじゃないよな、と優馬は明治維新《めいじいしん》の功労者の像を凝視した。

「月讀命様の弟子よ、おはんを男と見込んで頼みがあるもす」

鹿児島弁であれこれ聞こえてくるが、優馬にはまったく理解できない。辛《かろ》うじて、何か頼まれていることはわかる。須佐之男命から下された使命だと、優馬は直感で悟った。

「……す、すみません。鹿児島弁？　薩摩弁がわからない」

「晋《しん》どん」

西郷隆盛が『晋どん』と呼んだ途端、ぶわっ、と優馬の視界に雄々しい青年が浮かんだ。現代の青年ではない。明治維新時代の青年だと、その身につけている衣類でなんとなくわかる。

「月讀命様の弟子、おいどんは別府《べっぷ》晋介《しんすけ》でごわす。西郷先生を師とも父とも神とも崇拝しちょって」

どれだけ西郷隆盛を慕っているか、別府晋介と名乗った青年の目を見ただけでわかる。

「……えっと、晋どん？」

優馬の呼びかけに対し、青年は照れくさそうにはにかんだ。

「いかにも」

「西郷先生ってあの明治維新の立役者の西郷隆盛だよな？」

まず、真っ先に確かめなければならない。あの西郷隆盛だと思えないが、あの西郷隆盛なのか、と。

優馬にとって明治維新の立役者は歴史上の人物だ。

「いかにも。薩長《さっちょう》同盟も倒幕《とうばく》も西郷先生おらずして果たせなかったもす」

西郷隆盛がいなければ、徳川幕府はまだ続いていたかもしれない。同じ薩摩出身の大久《おおく》保《ぼ》利通《としみち》や木戸《きど》孝允《たかよし》とともに明治維新の三傑《さんけつ》のひとりだ。

「なんで俺はここに飛ばされた?」

つい先ほど、須佐之男命に命じられた。『薩摩の志士を救え』と。

「優馬どん、西南戦争で散った仲間を助けてください」

西南戦争とは西郷が率いる有志の薩摩の兵士軍が新政府相手に戦った内乱だ。西郷が明治維新の矛盾をすべて背負って散ったと揶揄されている。

「どういう意味だ?」

「成仏することを拒んでいる同胞《どうほう》がおる。上げてください」

「……だから、わけがわからない。上げる?」

「成仏させてください」

「俺にそんなことができるわけねぇだろ」

坊主に頼め、と優馬は呆れ返ってしまった。何しろ、お経のひとつも唱えられないのだから。

「須佐之男命様が使わした優馬どんならできるはずたい」

「無理だ」

優馬が力んだ時、スマートフォンの着信音が鳴り響いた。その瞬間、薩摩の志士は消えてしまう。すでに西郷隆盛の気配もない。

優馬は西郷隆盛像の前で翡翠を抱いたまま座り込み、鳴り続けるスマートフォンに応対した。

「もしもし？」

『優馬、僕です。義孝です』

頼もしい友人の声に、優馬の心が軽くなった。

「義孝、助けてくれ」

『京都にいたと聞きました。僕は疾風から連絡をもらって京都に着いたばかりです』

氷の彫刻もわざわざ東京から京都まで来てくれたのだ。しかし、義孝の友情に感動している余裕はない。

「鹿児島のデカい西郷隆盛像の前にいる。目の前には国道が走っている。ここが鹿児島のどこかわからない。東京や京都より暑い。翡翠がすっぽんぽん」

『どういうことか説明したまえ。疾風とも連絡が取れない』

「疾風が誘拐された」

優馬の脳裏にはセダンに運ばれた疾風がこびりついている。なぜ、疾風を守護している毘沙門天は動かなかったのか。須佐之男命の力が働いていたのか。優馬の疑念に答えてくれる者はいない。

『君の作り話は下手すぎる』

「作り話じゃない。疾風も身内には甘くなるみたいだ……やっぱり、あれは嘘の映像じゃなくて現実なんだよな？　映像か？　映像じゃなかったら疾風と連絡が取れているよな？　疾風と連絡が取れないいなら疾風のママに連絡してくれ」

優馬は不安の嵐に襲われ、掠れた声で一気に捲し立てた。一刻も早く、疾風の無事を確認したい。

『優馬、僕が理解できるように話したまえ』

スマートフォンの向こう側にいる義孝が、どんな顔をしているのか不明だ。けれども、優馬はいっさい構わず、今まであった出来事をぱっと語った。

『……そういうことですか。京都の町屋が落雷で倒壊したというニュースを耳にしました。須佐之男命と八岐大蛇が戦えば当然でしょう』

想定外の義孝の言葉に、優馬は思い切り仰け反った。

「義孝、言うことはそれかよ」

『ニュースで流れたゲリラ豪雨に納得しました』

「俺はもう京都のことに構っていられない。西郷どんと晋どんの西南戦争の鹿児島だ。俺は鹿児島にはラーメンと黒豚を食うために来たかった」

優馬が本心をブチ蒔けると、スマートフォンの向こう側からやけに冷淡な声が響いてきた。

『確認する。君は西郷隆盛像の前にいるのですね？』

「……ああ、デカい西郷どんがいるぜ。上野と違って犬も連れていないし、着物も着ていない。軍服姿だ」

どんなに耳を澄ましても、西郷の声は聞こえない。晋どんの声にしてもそうだ。

『おそらく、そのそばに観光案内所があります。僕がホテルを予約しますから、場所を聞いて行きたまえ』

「観光案内所？」

『僕が行くまでホテルで待機していたまえ』

優馬は右も左もわからないし、翡翠というお荷物も抱えている。義孝の言葉に従って行動するしかなかった。

須佐之男命を罵る気はない。

優馬の罵倒のターゲットは言わずもがな美麗な月讀命だ。

義孝の言葉通り、西郷隆盛像のそばに観光案内所があった。西郷や西南戦争に関する資料も揃っている。

ぐっすり寝ている翡翠を女性スタッフに預け、優馬はざっと資料に目を通した。

「……俺、幕末は弱いんだよな」

明治の新政府において廃刀令《はいとうれい》や秩禄処分《ちつろくしょぶん》など、それまでの特権を剥奪《はくだつ》され、旧士族の不平不満はとうとう爆発した。江藤新平《えとうしんぺい》による佐賀の役が勃発し、旧肥後藩《ひごはん》の士族による神風連《しんぷうれん》の乱、秋月藩士《あきづきはんし》による秋月の乱、荻《おぎ》の乱、そうして国内最後の内戦となった西南戦争。

当時、敗走を続けた薩摩軍が大本営を置いた城山は目と鼻の先だ。女性スタッフはとても親切で、義孝が予約したホテルまでの道筋を懇切丁寧に教えてくれる。観光案内所から充分、歩いて行ける距離だ。

もっとも、途中で道に迷う。

「……あれ？　どうして俺の前に島津《しまづ》なんとかの像がある？」

見るからに無骨そうな通行人に尋ねると、意外なくらい優しく教えてくれた。すぐに視界に義孝が予約してくれたホテルが飛び込んでくる。

「ここだ」

無事に義孝が予約してくれたホテルに到着し、スムーズに部屋に通された。感じのいいスタッフばかりで、翡翠にあれこれ気遣ってくれるので助かった。

優馬は全身全霊を傾け、熟睡中の翡翠におむつをした。そして、ホテルのスタッフに用意してもらった子供用の浴衣を着せた。

　寝ていてもベビー服姿と浴衣姿ではだいぶ雰囲気が違う。

「……翡翠……お前、西郷どんのコスプレが似合うな」

　ホテルのスタッフはそんなつもりはなかっただろうが、翡翠が紺色の浴衣を着ると、キャラと化した西郷どんのコスプレになってしまう。

　そのうえ、翡翠の鼾は豪快なオヤジを凌駕している。

「翡翠の腹が西郷どん並にぽんぽこりんだもんな」

　優馬は独り言のように零した後、改めてチェックインした部屋を見回した。

「義孝、いい部屋を取ってくれたな」

　通された和室は広々として、和の落ち着きが漂っていた。古都のはんなりとはまた違った情緒だ。

　もっとも、お茶で一服している間もない。

　即座に疾風のスマートフォンを鳴らす。いつもならすぐ対応してくれるのに、どんなに着信音を鳴らしても出ない。

「疾風、無事でいてくれ」

　優馬は広陵と連絡を取りたかったが、生憎、スマートフォンの番号を聞いていない。さすがに関東屈指の勢力を誇る板東一場組の電話を鳴らす度胸はなかった。

「……明雲さん、心配しているだろうな」

明雲のスマートフォンを鳴らしても固定電話を鳴らしても出てくれない。月讀神社の電話は時間外の留守番電話が流れている。

「明雲さんまで何かあったのか？」

いやな予感が走ったが、急に強烈な睡魔に襲われた。無理もない、緊張の連続だったのだ。いっぺんに疲れが押し寄せた。

「……電池切れ」

優馬は豪快な鼾を立てる翡翠の隣に横たわった。そうして、深い眠りに落ちた。疾風が無事でいることを祈りながら。


西郷隆盛は征韓論《せいかんろん》を唱えたが退けられ、故郷に帰り、私学校で後生の教育にあたるようになっていた。なれど、明治維新の英雄に安息の時間はない。

『西郷先生、新政府が西郷先生の暗殺を企《くわだ》てておるとです』

『嘘じゃなかと。もうすでに薩摩に人斬りが潜入しちょるとです。確かな筋からの情報でございもす』

野に下ろうが、維新の立役者の存在は大きい。新政府による西郷の暗殺計画は真《まこと》しやかに流れていた。

もっとも、西郷はいっさい動じない。常に剛胆でおおらかな好漢《こうかん》だ。それ故、周りの者たちが案じる。

新政府の中枢にいる大久保利通から内々に連絡が入った。西郷隆盛暗殺計画は真実だ、と。長州《ちょうしゅう》の暗殺者が薩摩に潜入している、と。

『よか』

西郷は自分の暗殺計画が真実だとわかっても笑い飛ばした。それで国が安定し、民が幸せになればいいのだ。どこまでも度量の大きなサムライだった。

だが、大久保利通は水面下で西郷に共闘を持ちかけた。明治維新の矛盾を痛感し、悔やみ、新たな改革を模索《もさく》していたという。すなわち、西郷と裏で再び手を組み、新政府の過《あやま》ちを正したい、と。

大久保は水面下で西郷を慕う門下生も熱烈に口説いた。とうとう西郷はいきり立つ私学生たちを抑えきれなくなり、決起を決意した。

『おいどんの命、おはんらにあげもうそう』

西郷隆盛、立つ。

明治十年、西郷隆盛による挙兵の報は電光石火の速さで各地を駆け巡った。新政府に不満を持つ士族が西郷の旗の下に集る。

それなのに、大久保利通は一向に動かない。新政府の首脳が動けば、戦況は一変するというのに。

熊本城で死闘を繰り広げ、田原坂《たばるざか》を血の色で染め、城山から退却し、西郷が洞穴で身を潜めても、ついに大久保は立たなかった。

『裏切り者め。西郷先生を裏切るとは断じて許さん』

薩軍の志士は政府軍より裏切った大久保を恨んだ。

成仏したりはしない、裏切り者も子孫も呪い続ける、と大本営の屍《しかばね》が凄絶な怨念《おんねん》を吐き続けている。

どんなに時が流れ、時代が変わっても、恨みは続く。

平成の御世、かつて青雲《せいうん》の志を抱いていた真っ直ぐな志士は怨霊《おんりょう》と化した。

ヒタヒタヒタヒタヒタ、と怨霊と化した薩摩の志士に近づく男がいる。白装束の男は怨霊と化した薩摩の志士を煽った。

『裏切り者が築いた政府が今でも続いています。断じて認められない。潰しましょう』

『……潰す……裏切り者は断じて許さん……末代《まつだい》まで祟《たた》る……』

『裏切り者の政府を潰します。ですから、御貴殿のお力をどうぞお貸しください』

『……おはんは何者？』

『御貴殿と同じ志を持つ者でございます』

『……よか、おいの力をおはんに授けもうそう』

怨霊と化した志士がふわっ、という煙とともに怨念の塊になる。そうして、白装束の男の手に乗ろうとした。

その瞬間、西郷隆盛が現れ、止める。

怨霊と化した志士は西郷隆盛の前から消えた。

同時に白装束の男も消えた。

なぜわかってくれないのか、自分のところに早く来い、自分の無力さが口惜しい、という西郷の切ない苦悩が優馬にひしひしと伝わってくる。

『優馬どん、あやつでござる。あやつが我らの仲間を利用して悪事を働こうとしている。あやつらに利用される前に我らの仲間を成仏させてください』

晋介が沈痛な面持ちで語りかけてくる。

「晋どん、俺には無理だ。須佐之男命が男の中の男なら、須佐之男命に頼んでくれ」

『本人が希望しない限り、神は成仏させられないそうです。優馬どんに頼むしかない。どうか我らの仲間を利用する悪しき輩を成敗してください』

「無理だ」

『この通り』

晋介に頭を下げられ、優馬はいたたまれない。

俺には無理、絶対無理、須佐之男命に交渉してくれ、と優馬は思い切り叫んだ。薩摩の志士が白装束の男に悪用されたら、凄惨なことになると直感でわかったから。

「……おい、あの上から下まで真っ白の奴に悪用されたらヤバイ……それは俺にもわかるから、さっさと須佐之男命に縋れ。俺以外の適任者がいる……俺じゃ無理だから……」

ユサユサユサユサユサユサユサユサッ、と優馬は誰かに揺さぶられた。

「優馬、起きたまえ」

「西郷どんの説得でも無理なのに、俺に説得できるわけないだろう」

「朝です」

どこかで義孝の声が聞こえた。

同時に、胸に壮絶な圧迫感。

「ママ～っ、ママ～っ、ぎ～どんっ」

いやというほど聞き覚えのある声で優馬は目覚めた。胸にはまんまるとしたミニ西郷どん、ならぬ浴衣姿の翡翠がでんっ、と馬乗りになっている。

「……西郷どん？　……翡翠？　夢だったのか？」

優馬は翡翠を抱えつつ、上体を起こした。

「ママ、ぎ～どん」

八岐大蛇の胃から生還した勇者が、この上なく頼もしく見えた。ぎゅっ、と優馬は翡翠を抱き締める。

「そうだな。牛丼を食うために生き返ったんだよな」

「ふんっ」

「近くに牛丼屋、あるのかな？」

「スキヤキ」

「スキヤキは高いから無理だ」

「ママ、やきにく」

スキヤキや焼肉も聞いていやがったのか、と優馬は変なところで感心してしまう。とてもじゃないが、優馬の経済力では応えられない。

「スキヤキや焼肉は疾風か義孝にねだれ」

「パパのママ」

「そうだな。広陵さんならスキヤキでも焼肉でも食わせてくれる」

「ママ、プリン」

「俺に手作りは求めるな。明雲さんに求めろ」

優馬が料理上手な宮司を口にすると、翡翠は鼻を鳴らし、胸から降りていった。ヨチヨチと窓際に向かって歩いて行く。

「優馬、だいぶ魘《うな》されていました」

優馬は頼りになる友人の姿を認めた途端、切羽詰まった問題を吐露《とろ》した。

「……義孝？　ああ、京都から来てくれたのか。西郷どんが説得しても成仏しない奴をどうやったら成仏させられるんだ？　空海《くうかい》とか最澄《さいちょう》とか、そういう偉い坊さんなら成仏させられるのか？　さっさとあの真っ白野郎を潰して、成仏させないと、疾風が危ないんだよな？　先に疾風を助けだすべきか？」

優馬は真っ赤な顔で一気に捲し立てたが、義孝はこれ以上ないというくらい冷たかった。

「優馬、君が何を伝えたいのか、僕にはまったく理解できない」

「お前なら理解できる。次席ぶっちぎりの首席を入学以来、キープしている秀才だ」

わかってくれ、チャラ男神は頼りにならない、お前だけが頼りだ、と優馬は縋るように義孝の肩を揺さぶった。

「筋道を立てて説明したまえ」

「筋道？　俺の想定外のトラブルはチャラ男の弟子になってから。大福餅は二度と食わない」

「そこまで遡《さかのぼ》らなくてもいい。どうして京都にいた君が鹿児島にいる？」

「……須佐之男命のせい……元々はチャラ男神のせい」

諸悪の根源は根の国の支配者ではなく月と夜の支配者だ。月讀命の一言がなければ、優馬は鹿児島に飛ばされなかっただろう。

「どういうことか、順を追って説明したまえ」

「チャラ男神が人間に話しちゃ駄目なことを俺にポロリと零しやがって、須佐之男命が怒って、俺に役目を押しつけた」

やっと、優馬の要領の得ない言葉が通じたらしい。義孝はどこか遠い目で軽く頷いた。

「あえて、月讀命が君に漏らしたことは尋ねない」

「……そうだな。俺もヤバくなりそうな気がする」

「須佐之男命からどのような役目が下された？」

義孝に真顔で尋ねられ、優馬はようやく須佐之男命から下された役目を告げた。鹿児島に飛ばされてからの一連の出来事もざっと語る。

「……西郷どんやら晋どんやら怨霊になった薩摩の志士やら、変な白装束の男やら、俺はもう何がなんだか……疾風も心配だし……義孝なら疾風のママの広陵さんに連絡が取れるか？」

優馬の思考回路はショート寸前。

「……そういうことですか」

義孝は驚くどころか納得していた。

「義孝？」

「明雲さんが仰っていた通りです」

義孝の視線の先には、窓際に敷かれた布団で横になっている明雲がいた。翡翠がじゃれついている。……いや、いつになく心配そうにじゃれついている。

「明雲さん？　どうしてこんなところに？」

「君が京都から消えた後、明雲さんから連絡をもらいました。君が須佐之男命の使命を帯び、鹿児島に向かわされた、と」

「……明雲さんはそんなことまでわかるのか？」

悪霊と神を視ること、悪霊と神を区別すること、それぐらいしかできない、と明雲は口にしていたのに。

「薩摩での使命は優馬くんだけでは難しいと、木花之佐久夜毘売が明雲さんに伝えたそうです」

月讀神社の宮司は自身が仕えている月讀命ではなく、加護してくれている木花之佐久夜毘売から助言を受け取ったらしい。

「そうだよ。俺ひとりじゃ無理だ……あれ？　木花之佐久夜毘売が疲れている？」

窓際の布団で寝ている明雲も苦しそうだが、守っている木花之佐久夜毘売も疲弊《ひへい》していた。その美しさは変わらないけれども。

「明雲さんを乗せた飛行機がエンジントラブルで飛ばず、出立が二時間、遅れました。明雲さんを乗せた車は追突され、運び込まれた病院では暴漢に遭いました。誰かが明雲さんの鹿児島入りを阻《はば》んだようです。おそらく、怨霊と化した薩摩の志士を成仏させたくないのでしょう」

義孝はいつもと同じように氷の仮面を被ったまま、予定より遅れた理由を明かした。明雲は命からがら鹿児島に辿り着いたらしい。

「……あ、あの白装束の男？」

優馬の言葉に同意するように義孝は深く頷いた。

「その可能性は高い」

あれは単なる夢ではない。

優馬はそう確信した。

「白装束の男、真面目そうな顔をしている男だった」

「名は？」

「……真面目そうな顔をしているし、声も優しかったけど、目は笑っていなかったんじゃないかな？」

「名はわからないのですね」

「上から下まで真っ白……って、それより、疾風だ。疾風を助ける。広陵さんに連絡を取ってくれ」

優馬が何より気がかりなのは、京都で瀬名という板東一場組の構成員に裏切られた疾風だ。羅針原理教という新興宗教のセダンに押し込められた。いったいどこでどのような目に遭わされているのだろう。

「疾風は人質です。役目を果たさない限り、須佐之男命は解放してくれないでしょう」

義孝は冷静に予測を立てた。

「……そ、そんな……瀬名っていう若い奴が裏切って、変な宗教団体に拉致《らち》されたんだ……どんな目に遭っているか……」

「疾風を信じましょう。彼はそんなに弱くない」

義孝は尊大な態度で断言した。

確かに、疾風は弱くない。心身ともにタフな男だ。ここであまりにも動揺していたら、疾風に怒られてしまうかもしれない。

「……ただ、あいつも生身の人間だから、とりあえず、広陵さんに連絡を入れてほしい」

優馬が険しい顔つきで言うと、天国から死者の声が聞こえてきた。……いや、布団に沈んでいた明雲が掠れた声で言った。

「……な、なりませぬ……広陵さんに連絡を入れてはなりません。板東一場組が羅針原理教に殴り込みます……」

明雲の言葉にも一理ある。疾風を溺愛している広陵ならば、その場で羅針原理教に殴り込みをかけてもおかしくはない。血の雨が降る。

「明雲さん、殴り込んでもいいと思う。羅針原理教の黒幕って板東一場組の元組員なんだろう？」

板東一場組の元構成員ならば、疾風を拉致したらどうなるか、覚悟しているだろう。殴り込まれても自業自得としか思えない。

「……疾風くんなら心配ありません……」

「本当か？　あれでも人間だぜ？」

疾風は人間離れした強さを誇っているが人間だ。彼の身体には青い血ではなく赤い血が流れている。

「……毘沙門天がついていますから」

「その毘沙門天が何もしなかったんだ」

「……須佐之男命に賛同したのでしょう」

明雲は毘沙門天が疾風を守らなかった理由に言及した。どうしたって、優馬は釈然としない。

「須佐之男命に賛同って、疾風が人質になることに賛成したのか？」

「……そ、それより、まず、しなければならないことは薩摩の志士の成仏です……怨霊と化した薩摩の志士を悪用しようとする輩がいます……怨霊は使いようによっては、国を滅ぼすことも可能……」

明雲の息も絶え絶えの話に、優馬の背筋が凍りついた。

「ヤバいじゃねぇか。どうすりゃいいんだ？」

「……祝詞《のりと》を上げてください」

明雲が震える指で指した先には、祝詞が記された神教集があった。義孝は無言で手に取るが、優馬は目を吊り上げた。

「……は？　祝詞？　俺には無理っ」

「……翡翠くん、恥ずかしながら私にはもうその力がありません。任せましたよ」

なでなで、と翡翠の頭を撫でていた明雲の手が力なく布団に沈んだ。

「……明雲さん？」

優馬と義孝が慌てて近寄ると、明雲は軽い寝息を立てている。察するに、目に見えない何かが働き、疲れ果てているのだろう。

どうしたらいいんだ、と優馬が頭を抱えると、翡翠が目をキラキラさせて言った。

「ちゃちゃまのいも」

「……は？　ちゃちゃまのいも？」

「ちゃちゃまのいも、おいもな～の」

ふんっ、と翡翠は鹿児島の資料を載せていた机によじ登った。そうして、鹿児島名物のひとつである薩摩芋を差した。

「……もしかして、薩摩芋が欲しいのか？」

言わずもがな、薩摩芋は鹿児島の名物のひとつだ。

「ふんっ、お兄ちゃん、ちゃちゃまのいも、ちゃちゃまのおちゃけ、ちゃちゃまのおまんじゅう、ちゃちゃまの……ちゃちゃまの……」

翡翠の小さな指は、薩摩の焼酎《しょうちゅう》や饅頭《まんじゅう》、果物を指す。饅頭や果物ならまだしも焼酎は欲しがらないと思ったが。

「……翡翠が欲しいのか？」

翡翠が好きそうな薩摩芋を使ったスイーツがたくさんある。だが、甘党の小さな指はスイーツを指さない。

「お兄ちゃん」

「薩摩のお兄ちゃんが欲しいのか？」

「お兄ちゃん、ちゃちゃまのおいも、ちゃちゃまのちゃかな、ちゃちゃまのにぎりめち……ちゃちゃまなの……晋どんたい……」

翡翠の小さな口から薩摩の志士の名が飛びだし、優馬は身を乗り出した。

「晋どん？　あの薩摩の晋どんか？」

「はやく」

「じゃあ、薩摩の芋、薩摩の焼酎、薩摩の果物、薩摩の饅頭なんかを晋どんの墓に供《そな》えればいいのか？」

西郷隆盛とともに西南戦争で戦死した薩軍兵たちは、南州墓地で眠っているはずだ。優馬は観光案内所で入手した資料の束を手にした。義孝も真剣な目で資料を追っている。

「お兄ちゃん、いっぱいのところ」

いっぱいを表現しているらしく、翡翠は両手を大きく広げる。もっとも、バランスが取れずにストンッ。

お尻から落ちた。

「だから、それはどこだ？」

「おやま」

「おやま？」

優馬が首を捻《ひね》ると、義孝が資料を手に口を挟んだ。

「城山ではないですか？」

西郷隆盛を盟主とした薩摩軍が大本営を築いたのは城山だ。西南戦争における最大の激戦地のひとつである。優馬が泊まっているホテルから近い。

「城山か？　……あ、洞窟か？」

「西郷隆盛が最後の五日間を過ごした洞窟ですね？」

「翡翠、どっちだ？」

優馬は城山と西郷洞窟が載った資料を翡翠に見せた。しかし、翡翠はどちらも小さな指で差さない。

「ママ、せごどんのところ」

「南州墓地か？」

観光案内所で入手した資料には、薩摩の英雄が眠る墓地が記されていた。ホテルから歩いて行くには遠い。

「ママ、せごどん、バイバイのところたい」

翡翠の言葉に妙な薩摩訛りが入る。

「バイバイのところたい？　墓じゃないのか？　どこだ？」

優馬が怪訝な顔で翡翠を覗き込むと、義孝が伏し目がちに地図を指した。

「西南戦争終焉《しゅうえん》の地ではないですか？」

「切腹した場所か」

優馬と義孝が目を合わせると、翡翠はヨチヨチと出口に向かって歩きだした。

「はやく、はやく、はやくたい、はやくた〜い」

翡翠に急かされ、優馬は義孝の腕時計で時間を確かめて驚愕した。いつの間にか、夜が明けている。

「……もうこんな時間かよ。どうりで腹が減った」

優馬は空腹を感じたが、朝食を諦めなければならないことはわかる。義孝を加護している白龍も急かすように尾を振った。

「優馬、翡翠が言ったものをすべて手に入れ。向かいましょう」

「こんな朝っぱらだとスーパーなんて開いていないぜ。コンビニで揃うか？」

「コンビニではすべて小さなサイズで売っているのではないですか？」

良家の子息のコンビニの定義に、優馬は思いきり仰け反った。

「お坊ちゃま、すいません。お坊ちゃまに聞いた俺が悪かったです」

明雲は深い眠りに落ちていて、叩き起こすことはさすがにできない。優馬は義孝とともにヨチヨチ歩きの翡翠を追った。


ピタッ、と翡翠はホテルの売店で立ち止まった。西郷どんが描かれたお菓子の箱を嬉しそうに持つ。

「ママ、じいじ、これたい。これた～い」

チビ西郷どんが西郷どんキャラの菓子折を持ってはしゃいでいる。改めて見ても、翡翠と西郷どんキャラの腹部はそっくりだ。

「翡翠、自分が食いたいヤツを……あれ？　薩摩の焼酎とか饅頭とか？　薩摩関係のいろいろと売っているぜ」

　スーパーに行かなくても、ホテルの売店で揃った。もっとも、薩摩芋を使ったお菓子はあるが、リクエストの薩摩芋はない。

「義孝、薩摩芋のお菓子でいいと思うか？」

「一応、買っておきましょう」

「……これは薩摩芋のお菓子か？　薩摩芋のチョコレート？　これは薩摩芋のお菓子なのか？　それともチョコレートのお菓子なのか？」

　優馬はスイーツの類《たぐい》に詳しくないので、菓子折を選ぶ手に迷いが出る。

「原材料名を確認しましょう」

「原材料名……小麦粉に砂糖にマーガリンにココアバターに……」

「優馬、それは薩摩芋スイーツではないと思う」

「数の子の二の舞はいやだ。スタッフに聞いてくれ」

　聞くは一瞬の恥、聞かぬは数の子の二の舞、と優馬は生ゴミに変化した高級数の子を瞼に浮かべた。勿体ない、という思いが強いだけに未だに尾を引いている。

「承る。僕に任せたまえ」

称賛を欲しいままにしている優等生は、毅然とした態度で売店のスタッフに薩摩芋を使ったスイーツを尋ねた。

スタッフは昔ながらの素朴な薩摩芋のお菓子も教えてくれたから助かった。きっと薩摩の志士たちは、現代のスイーツより昔の素朴なお菓子のほうが口に合うだろう。

ホテルの売店でそれらしいものを買い、義孝が手配した車に積み込む。優馬が翡翠を抱いて助手席に乗り込もうとした時、死人が地獄から戻ってきた。……いや、明雲がよろめきながらやってきた。

「……ばあば」

翡翠は西郷どんのゆるキャラのぬいぐるみを振り回す。

「……明雲さん？　大丈夫ですか？　太陽の陽に溶けそうだぜ？」

優馬が慌てて駆け寄ると、ガクッ、と明雲が目の前で崩れる。暦《こよみ》の上では秋でも、鹿児島の晩夏《ばんか》はまだ暑い。

「……祝詞を上げるのは私の役目だと、木花之佐久夜毘売に言われました……」

明雲の背後にいる木花之佐久夜毘売も疲労の影が濃いが、その綺麗な目は凛とした意志を持っていた。さすが、不貞《ふてい》を晴らすため、火の中で出産した女神である。

チャラ男神とは違う、これが神様だよな、助かる、と優馬はほっと胸を撫で下ろした。

……否、安心はできないのだが。

「そりゃ、俺は祝詞なんて上げられないけど……マジに大丈夫ですか？　明雲さんが鹿児島でバターになりそうだ」

「薩摩の志士を成仏させないために、誰かが私たちを呪っているのでしょう」

一瞬、明雲が何を言ったのかわからず、優馬は怪訝な顔で聞き返した。

「……え？」

「私たちを誰かが呪詛《じゅそ》しています。木花之佐久夜毘売の加護がなければ、私は危なかったでしょう」

「……の、呪い？」

「おそらく、今日、結願《けつがん》の日のはず」

行きましょう、と明雲に掠れた声で言われ、優馬は義孝と視線を合わせた。すると、翡翠から声が上がった。

「はやく、はやく、お兄ちゃん、せごどん、はやくた～い。はやくた～い」

「翡翠、そのなんちゃって鹿児島弁はなんだ」

「おいもた～い。おいどんはひちゅ、でごわす。た～い」

この際、翡翠のなんちゃって鹿児島弁もどきの言葉に従うしかない。優馬は翡翠を抱き、義孝がハンドルを握る車で城山に向かった。

まず、目指すは薩摩軍が大本営をおいた城山だ。

「おいもた～い。ほかほかのおいもた～い。お兄ちゃん、モグモグた～い」

翡翠は優馬の腕の中でずっと薩摩芋を連呼している。

「翡翠、薩摩芋スイーツじゃ駄目なのか？」

優馬がホテルの売店で買い込んだ薩摩芋を使った鹿児島銘菓《めいか》を取り出すと、翡翠は荒い鼻息でコクコクと頷いた。

「ふんっ、ふんっ、おいも。おいもたい」

薩摩の志士を慰めるには、シンプルな焼き芋がいいのだろうか。それはなんとなくだが、優馬にも理解できる。

「……薩摩芋……薩摩芋……どこかで売っていないかな……あれは八百屋じゃないか……」

優馬は車窓の向こう側に広がる街を凝視したが、薩摩芋を売っているような店はとうとう見つけられなかった。

すぐに城山の駐車場に到着する。義孝は手を貸そうとしたが、明雲は自力で後部座席から降りる。

優馬は翡翠を抱いて車から降りた。

「ちゃちゃまのいも、おいも、おいもた～い」

翡翠が小さな指で差した先には、薩摩芋の旗が靡《なび》いている。駐車場を上がったところに売店が何軒か並んでいるようだ。

「翡翠、あれは芋のアイスだろう?」

「ちゃちゃまのおいも～っ、おいもた～い」

「芋のアイスだ。こんなところで薩摩芋を売っているわけないだろ」

翡翠は優馬の声を無視して、ヨチヨチと靡く薩摩芋の旗に向かって歩いて行く。振り向こうともしない。

「この野郎、待て」

優馬は慌てて翡翠を追った。

「ママ、おいも」

薩摩芋の旗の下、翡翠がドヤ顔でふんぞり返った。そう、アイスではなく焼き芋だ。それも薩摩名物の安納芋《あんのういも》。

「……アイスじゃなかったのか」

優馬が瞬きを繰り返していると、土産物屋の女主人がひょっこりと顔を出した。

「芋を三本、くださ……」

優馬の言葉を遮るように、翡翠が大声で言い放った。

「ちゃちゃまのいも、じぇんぶ。おいも、じぇ～んぶた～い」

翡翠は小さな身体、全身で『すべて』を表現している。その拍子に帯が緩み、今にも外れそうだ。

「全部？　この芋を全部か？」

「ふんっ、ぜんぶ、お兄ちゃん、モグモグた～い」

「翡翠、自分が食いたいだけじゃないよな？　こんなに芋を食ったら太るぜ？」

お前は確実に横に成長したぜ、と優馬は狸《たぬき》並みの翡翠の腹部をじっと見つめる。だが、当の本人はいっさい気にしていない。

土産物屋の女主人が翡翠の着崩れた浴衣を着せ直してくれた。なんというのだろう、鹿児島の人はひたすら温かい。

「ママ、おいも、ママ、ママ、ママ～っ」

「ママって呼ぶな。お兄ちゃんだっ」

「ママ、ママ、おいも、ママ、おいもたい、ママーっ」

翡翠の『ママ』連発を止めるには、焼き芋をすべて買うしかない。優馬は浴衣姿の小さな怪獣に白旗を掲げる。

義孝は薩摩の焼酎や饅頭など、ホテルの売店で買い込んだ物を手にやってきた。明雲は今にも倒れそうな顔で坂道を上がってくる。

「義孝、この芋を全部、買ってくれ」

義孝はいつもと同じ調子で頷くと、焼き芋をすべて買った。これで必要なものは揃ったはずだ。

「大本営があったのは……あっちか？」

優馬が地図と景色を交互に眺めていると、翡翠がヨチヨチと歩いて行く。

「ママ、じいじ、ばあば」

僕についてこい、とばかりに翡翠が手招きする。

優馬は義孝や明雲と目を合わせ、ヨチヨチと歩く翡翠に従った。おそらく、小さな龍神は何かに導かれているはずだ。

城山の標高は一〇七メートルあり、展望台から一望できる市街地や桜島は絶景と讃えるに相応しい。自然遊歩道では地元民がウォーキングしているが、足取りが軽やかになるような最高のコースだ。豊かな緑に囲まれ、空気も東京とはまるで違う。

「ここで戦いがあったなんて嘘みたいだな」

優馬が独り言のようにポツリと零した瞬間、ぶわっ、と目の前に燃え盛る炎が浮かんだ。豊かな自然が燃えている。青々と生い茂る木々が無残にも焼かれているのだ。数え切れないくらいの大砲が撃ち込まれ、薩摩軍の兵士は命を落とした。

「……無念」

無念、という思いが薩摩軍の兵士たちから伝わってくる。

西郷隆盛が率いる薩摩軍四万に対し、政府軍は五万以上で最新式の武器を装備していた。敗北は明らかだった。

「……あ……西南戦争だ……薩摩の志士だ……みんな、国のためだと……これが正義だと信じて……正義のために戦ったんだ……純粋で一途で真面目な奴らばかりだ……まだ若いのに……」

　ぶわっ、と優馬の目に涙が溢れた。

　澄み渡った青空の下、散歩に最適のコースには血塗れの薩軍の兵士が横たわっている。優馬の目には累々《るいるい》と続く薩軍の兵士の屍《しかばね》が視える。

　なんのための大政奉還《たいせいほうかん》で、なんのための倒幕で、なんのための江戸城無血開城で、なんのための戊辰戦争だったのか、なんのための明治維新だ、と武士としての高い矜持を持ち続ける薩摩《さつま》隼人《はやと》の口惜しさが切ない。

　優馬が愕然としていると、翡翠は焼き芋と饅頭をひとつずつ両手に抱えた。

「お兄ちゃん、おいも、モグモグ。まんじゅう、モグモグた～い」

　翡翠は血塗れの兵士に焼き芋を手渡す。

　かたじけない、と血塗れの兵士は嬉しそうに焼き芋を受け取った。そして、一口食べた。二口食べた。

　明雲が祝詞を上げ始める。

　すると、血塗れの兵士はすぅ～と、天に上がっていった。

「……あぁ、これが成仏か？　成仏したのか？　いいところに行けよ」

優馬が天を見上げていると、翡翠は屍の山にヨチヨチと近寄る。

「お兄ちゃん、モグモグ、おいも、おまんじゅう。よかたい。よかたい」

無念、という思いが屍の山からも伝わってくる。その思いが強すぎて、この場に留まってしまったのだろう。

けれども、翡翠が差しだす焼き芋や饅頭を食べ、義孝が差しだした焼酎を飲むと、明雲の祝詞とともに天に上がっていった。

白い雲が浮かぶ青空は西郷の度量のように広い。

きっと、西郷や同胞に歓迎されているはずだ。遅かったな、と。待ちくたびれた、と。

ひとりずつ懇切丁寧に対処した。……対処したいがあまりにも多すぎる。それでも、根気よく対処した。

無念という思いで、この地に留まっているのならば、あまりにも切なすぎる。今、城山は戦場ではなくて最高の癒しの場だから。

「……あの黒い塊はなんだ？」

優馬は大本営跡地の方向に禍々しい邪悪な塊を見つけ、足を止めた。はっきり言って、近づきたくない。だが、行かなければならない。相反する思いが優馬の心の中で戦っている。

「……優馬くん、大本営ですから」

明雲のその一言で、優馬はなんとなくわかった。

「……無念が一番詰まっているところか」

優馬の足は固まったが、翡翠は薩摩芋と饅頭を抱えて勇猛果敢《ゆうもうかかん》にもヨチヨチと進んでいく。チビッコが突進するのに、回れ右して逃げるわけにはいかない。

優馬は大本営跡地に突き進んだ。

「……無念、裏切り者、無念、裏切り者、裏切り者」

ぶわっ、と大きな石に大久保利通の顔が浮かんだ。そう、教科書などでよく見かける明治三傑のひとりだ。

「裏切り者？　大久保利通が裏切り者なのか？」

あれはやっぱり夢じゃなかったんだな、と優馬は知らなかった歴史の裏に度肝を抜かれた。戦死した薩摩兵に呼応しているのか、知らず識らずのうちに身体が怒りで震える。

「裏切った。はがいか」

よくも裏切った、薩摩隼人が薩摩隼人を裏切るとは言語道断、未来永劫、酬《むく》いを受けろ、と屍が凄まじい呪詛を続けている。

「大久保利通と西郷どんは幼馴染みだよな。大親友だったよな？」

優馬が悲痛な面持ちで尋ねると、呪詛を続ける屍から言葉が返った。

「裏切り者は暗殺されたが、我ら仲間の恨みは燻《くすぶ》っている」

大久保について語るだけでも、凄まじい怒りが伝わってくる。どんなに時が流れても、恨みは消えないのだろうか。

明雲は大本営跡地に薩摩の焼酎や水、果物や肴《さかな》といったお供えをした。そうして、線香に火をつける。

「ちゃちゃまのおいも、モグモグ、ちゃちゃまのおまんじゅう、モグモグ、お兄ちゃん、いいこ、いいこた〜い、せごどん、晋どん、え〜ん、え〜んたい」

翡翠が無念の塊と化した屍に薩摩芋と饅頭を差しだす。明雲が祝詞を上げると、辺りの禍々しい気は一変した。

義孝を加護している白龍と木花之佐久夜毘売が、戦死した薩摩兵を天に上げる。そうして、大本営跡地を浄化した。

優馬の視界にぶわっ、と丑三つ時の大本営跡地が浮かんだ。

大きな石の下に何かがある。

白装束の男がふたりいる。

大きな石の下にふたりの白装束の男が何か埋めたようだ。

ふたりいるひとりの顔は見えない。けど、あのもうひとりの男は夢に出てきた奴、と優馬ははっと気づいた。今さらながらに周りに人がいないのを確かめ、大きな石の下の土を掘ってみる。

案の定、白木の箱が出てきた。

「……なんだ？　これは？」

白木の箱に何が入っているのか、優馬は開けて確かめたくない。異様なものだと、持っただけでわかる。

「優馬くん、呪詛の道具です」

明雲の清楚な美貌に凄絶な影が走った。

「呪詛の道具？」

「今日が結願だったようです。間に合ってよかった」

明雲は安堵の息を漏らしたが、これ以上ないというくらい顔色が悪い。木花之佐久夜毘売が周囲に桜の花弁を舞わせた。

「呪って何をするんだよ」

薄紅色の桜の花弁が一瞬にして変色する。

「魔に魅入られた人を増やし、自分たちで操り、自分たちに利のある国にしたいのでしょう」

魔物を召喚《しょうかん》するのも、魔物で人を操るのも、多大な負《ふ》のエネルギーがいる。明雲からそんなイメージが伝わってきた。

「……最低じゃねぇか」

「粗塩《あらじお》と祝詞で清めます」

　明雲が白木の箱を粗塩で清め、祝詞を上げ始めた。よかたいよかたいよかたい〜っ、と翡翠も小さな手を合わせ、何やら熱心に唱えている。

　ガサッ。

　人の気配がした。

「ヤバイ、どこからどう見ても俺たちは怪しい奴らだっ」

　優馬は慌ててお供えを隠すように立った。

　……が、無駄なことだった。

「……あ」

　善良そうな地元民が真っ青な顔でこちらを窺っている。どうやら、散歩中だったらしい。下手をしたら通報される。

　優馬の前に危険信号が点滅した。

「……コ、コ、コ、コ、コマーシャルの撮影中です。お騒がせしています。彼がコマーシャルに出るモデルです。これからパリコレに進出する日本を代表する美形モデルです。よろしくお願いします」

　モデル、と優馬が肩を抱いた先には氷の美貌の持ち主がいた。背後から流れてくるBGMは、明雲の祝詞と翡翠の甲高い声だ。

善良そうな地元民は何も言わず、逃げるように去って行った。危険人物だと判断された可能性は高い。

「優馬、今までに何度も言いましたが、君の作り話は下手すぎる」

義孝に呆れられる理由は痛いぐらいわかる。だが、優馬にはそれ以外、セリフが浮かばなかったのだ。

「……じゃあ、なんて言えばいいんだ？　事実を言っても信じてくれないと思うぜ」

優馬が唇を尖らせた時、明雲の祝詞が終わった。

「……呪詛を破りました」

明雲は白木の箱を水晶の数珠で巻き、風呂敷で包んだ。つい先ほどまでの異様な感じはまったくしない。

けれど、明雲は今にも倒れそうだ。

「明雲さん、大丈夫か？」

「……はい、呪詛は破れたら、かけた術者に戻っていきます。無事ではすまないでしょう」

呪詛返し、と明雲の背後にいる木花之佐久夜毘売が綺麗な声で悲しそうに言った。呪詛も呪詛返しも好きではないのだろう。

「自業自得」

優馬が頬を引き攣らせると、義孝を加護している白龍と木花之佐久夜毘売が改めて入念に跡地を浄化する。もはや、悪しき念は流れてこない。

「よかたい。よかたい。よかたいなの～っ」

翡翠は青い空に向かって、小さな手をぶんぶん振った。明雲は祝詞を口にしながら、封を切った薩摩の芋焼酎を地面に流す。

「……あ、みんな、成仏してくれたんだな」

優馬にもはっきりと視えた。怨念の塊と化していた多くの薩摩兵たちが、天に上がっていったことを。

「……よかたい、よかたい、よかたいなの。つぎたい。せごどんたい」

翡翠は手をぶんぶん振った後、ヨチヨチと大本営跡地を出て行く。次だ、とそのつぶらな目は力強く語っていた。

「翡翠、どこに行く？」

優馬は慌てて勇猛果敢に突き進む翡翠の後を続く。義孝と明雲が手早くお供えを片づけ、足早に追ってきた。

須佐之男命の使命はこれで終わったわけではない。

城山の駐車場に戻り、停車していた車に乗り込む。明雲は後部座席でぐったりしているが、翡翠は優馬の膝にちんまりと座り、薩摩兵士たちに供えた薩摩芋や饅頭をパクパク食べた。小さな怪獣の辞書に食欲不振の文字はない。

「優馬、次はどちらに?」

「……翡翠、次はどこだ?」

義孝に抑揚のない声で問われ、優馬は饅頭に齧りつく翡翠を見つめた。

「……ぶっ……せごどん……おいもた〜い……」

翡翠は薩摩名物をモグモグ食べるのに必死で、それどころではないようだ。供物を美味しく食べることも供養に繋がるというから、あえて今は止めたりはしない。……食べすぎのような気がするのは確かだが。

「さっき、翡翠は西郷どんの最期のところ、って言ったよな?」

「墓地ですか?」

「無念で怨霊になった薩摩兵が墓地にいるか?」

優馬の脳裏には怨念に凝り固まった薩摩兵が深く刻まれた。成仏させなければならない薩摩兵が墓地で眠っているとは思えない。

「……なるほど、西郷隆盛が切腹した地や最後の五日間を過ごした洞窟ですか?」

「わからないから、当時の西郷どんの足取りを追ってみるか? 確か、政府に攻撃されて大本営を出て、洞窟に隠れたんだよな？」

「西郷洞窟に向かいましょう」

「探検隊グッズを揃えないとヤバいぜ」

洞窟、といえば優馬の眼底には、どこまでも続く大きな洞窟が浮かぶ。まず、サーチライトが必要だ。

「優馬、資料をよく見たまえ」

「……探検隊グッズはいらない洞窟か？」

「出します」

義孝は一声かけてから、アクセルを踏んだ。眉目秀麗《びもくしゅうれい》なご子息の運転は丁寧で、難なく目的地に到着する。意外なくらい近い。

依然として、明雲は後部座席でぐったりとしていた。

「義孝、俺と翡翠で行ってみる。ここだったら呼ぶから待っていてくれ」

優馬は口の周りをドロドロにした翡翠を抱き、車から降りた。晩夏の陽差しがジリジリと照りつけ、少し歩いただけでも汗が噴きだす。

足早に洞窟に辿り着いた。

確かに、探検隊グッズは無用だ。何より、柵があって洞窟に入ることはできない。たとえ、洞窟に入れても立つことさえできない。

「洞窟っていっても意外に狭いな」

敗走に敗走を重ねてこんなところに身を潜めたのか、と優馬の胸がチクリと痛んだ。覚悟はとうの昔に決めていただろうが。……それでも。

「……ここじゃなかかと、ここじゃなかかと、ここじゃなかかと～っ」

翡翠は洞窟に向かって小さな手をぶんぶん振った。おそらく、薩摩志士のメッセージを受け取ったのだろう。

「……そうだな。ここじゃないな」

柵からだが、優馬も西郷洞窟に禍々しい気は感じなかった。礼儀正しく、一礼してから、翡翠を抱いて車に戻る。

「義孝、ここじゃない」

「そうでしたか」

義孝は納得したように頷くと、一声かけてから発車させた。瞬く間に柵に隔たれた西郷洞窟が小さくなる。

「……西郷どんは洞窟から出た後、被弾して、切腹したんだよな……切腹した場所か？」

「当時のルートを辿ってみましょう。洞窟から六〇〇メートルぐらい下ったところが西南戦争終焉の地です」

「西郷どんの切腹で西南戦争終結か」

盟主の自刃《じじん》に生き残ったほかの薩摩兵たちも従った。盟主の死後も抵抗して暴れる薩摩兵はいなかったのだろうか。

「散り時を見誤らなかった。自分の死で以て終わらせたのです」

西郷は自分の死によって西南戦争だけでなく、各地で燻っている反乱の火種《ひだね》も消した。今回、入手した資料にはそんな一説もあった。

「やっぱ、すごいな。西郷どん」

「英傑《えいけつ》の中の英傑です」

氷の優等生が手放しで称賛するのは珍しい。

「そんなに立派な偉人なのにどうして西南戦争なんてやったんだ？　負けるのはわかっていたよな？　……あぁ、大久保利通に裏切られたのか」

優馬が国内最後の内乱の裏に言及した時、いきなり、真正面に白いセダンが現われた。そのまま、物凄い勢いで突っ込んでくる。

避けられない。

「……危ないっ」

キキィーッ。

優馬の絶叫とブレーキ音が同時に響く。

咄嗟に、自分の身体で庇うように翡翠を抱き直す。

衝突した。

……いや、優馬の身体に予想していた衝撃はない。

優馬は恐る恐る目を開けた。

「……優馬、大丈夫ですか？」

運転席の義孝はいつもと同じように泰然としている。優馬の膝にいる翡翠も無邪気な笑顔を浮かべていた。

「……い、今、白いセダンが突っ込んできたよな？」

優馬の左右の目は霞んでいる。

「はい」

「……あ、あれ？」

目を擦って見れば、白いセダンが何台もの黒塗りのメルセデスに囲まれていた。間一髪、義孝の急ブレーキは間に合ったようだ。

「うちの関係者です」

義孝は単身で鹿児島に乗り込んできたわけではないらしい。浮き世離れした明雲を守るためにも、二階堂家の私設兵隊に護衛させていたようだ。

「……あ、お坊ちゃまのところの私設兵隊？」

以前、疾風が二階堂家の私設兵隊はなかなか手強いと言っていた。敵に回せば厄介だが、味方ならば心強い。

「僕たちを狙ったのは明白ですが、公《おおやけ》にはできないでしょう。彼らに後始末を任せる」

「あいつらは何者だ？」

「薩摩の志士の無念を利用しようとする者たちに違いない」

二階堂家の屈強な私設兵隊によって、白いセダンから黒い邪気に包まれた四人の青年たちが引き摺り下ろされる。そのうちのひとりに優馬は見覚えがあった。

「……あ、あれ、あの顔には見覚えがあるぜ……京都で俺を勧誘した奴……羅針原理教の信者だ」

生真面目そうな青年の顔は、今でも瞼に焼きついている。どうして京都で布教活動に励んでいた信者が鹿児島にいるのだろうか。京都で初めて見た時には魔物に取り憑かれていなかったのに、今では邪悪な蛇に取り憑かれていた。

「繋がりました」

「……繋がった？　……ああ、羅針原理教が薩摩の志士の怨霊を利用しようとして、呪詛して、あれこれしているのか？」

疾風を拉致ったのも羅針原理教だ、と優馬は瞼に羅針原理教の信者に手渡された親友が浮かんだ。

「羅針原理教なら可能です。教祖は若いけれど術者という噂です」

教祖が術者で黒幕が板東一場組の元構成員ならば、どんなことでも叶えてしまうのかもしれない。

「あいつらを締め上げて疾風を助ける」

生真面目そうな信者は疾風を攫ったメンバーのひとりだ。十中八九、疾風の監禁先を知っている。

「羅針原理教は命がけで僕たちを止めようとしました。その理由がわかりますか？」

羅針原理教の信者たちによる妨害の理由は確かめるまでもない。須佐之男命から下された使命を阻みたいのだ。

「……成仏させたくないのか？」

「はい。ここでみすみす薩摩の志士が利用されたら、それこそ須佐之男命に疾風を返してもらえない」

義孝の意見には一理ある。

「……そうだな」

「羅針原理教の黒幕は板東一場組の元構成員だと掴んでいますが、神の生まれ変わりという教祖の素性に関し、正確なデータがありません。対峙するならば、正確なデータを入手してからです」

「教祖の素性がわからない？　公になっていないのか？」

興味がなかったから調べもしなかったが、組織のトップならば顔写真付きで経歴を公にしているものだとばかり思い込んでいた。

「公のプロフィールでは京都生まれの京都育ち、子供の頃から自分が神の生まれ変わりだと自覚していたそうです……が、いくらでも偽《いつわ》ることができます」

義孝の言葉につられるように、優馬はスマートフォンで羅針原理教の教祖を検索した。公開されている教祖の写真で顔はわからない。何せ、頭から白い布を被っているのだ。

「教祖も白装束か」

「白が羅針原理教のテーマカラーの模様」

「……なんか、教祖のメッセージがすげぇぜ。神である自分が人としてこの世に誕生した理由はこの腐敗した世を正し、弱き者を救うため……って、胡散臭ぇ」

教祖は淀《よど》んだ世を直すため、人としての生活を捨て、羅針原理教を設立したという。それまで学生だったらしい。

「優馬、見るのは後にしたまえ」

義孝は凛とした態度で言い放ってから発車させた。瞬く間に、黒塗りのメルセデスに囲まれた白いセダンが小さくなっていく。

「……あ、銀のベンツが追ってくるぜ。あれもお坊ちゃまの護衛か？」

角を曲がった途端、銀色のメルセデス・ベンツが現れた。どうやら、車窓にはスモークが貼られている。

「違います」

義孝はハンドルに手を添えたまま、なんでもないことのように軽く言った。どこからどう見ても、不審車に追い上げられている態度ではない。

「……え？　追いつかれるぜ」

物凄いスピードで銀のベンツは迫っている。翡翠ははしゃいでいるが、明雲はひどく辛そうだ。

「スピードを上げます」

「……え？　なんか、光ったぜ」

銀色のベンツの開いた車窓で何か光っている。何かが出たのだ。

「銃口でしょう」

義孝はなんら問題のないことのように淡々と言った。それ故、優馬は現実だと受け入れられなかった。

車から狙撃。

殺し屋か、と優馬の脳裏に国際的なスナイパーを主人公にした漫画が過ぎった。ゴルゴ13《サーティーン》ならば逃げても無駄だ。

「……ゴルゴ13《サーティーン》か？」

「ゴルゴ13《サーティーン》ならばこんな至近距離で狙ったりしない」

「すげぇ、お坊ちゃまでもゴルゴ13《サーティーン》を知っているんだな」

ガツッ、とサイドミラーが撃ち抜かれた。

けれども、銃声は響かない。

「サイレンサー付きです」

一応、狙撃手には市街地という配慮があるらしい。

「お坊ちゃま、俺は疾風じゃないからあいつらの相手は無理だぜ」

「僕も専門外です」

「警察に逃げ込め」

「羅針原理教の黒幕は警察にも通じています」

以前、疾風も警察はあてにならないと吐き捨てたが、正義を守らなければならない組織がいったいどんな闇に塗れているのだろう。

「日本の警察はどうなっているんだ」

西郷どんが命を捧げた国がどうなっちょる、なんていう言葉がどこからともなく優馬の耳に届いた。剛胆で実直な薩摩の魂に感化されたのかもしれない。

「板東一場組の組長や若頭も警察と通じています」

「……そ、そりゃ、疾風のママとオヤジさんはヤクザ……だけど、疾風のママとオヤジさんだから……ん……」

「目的地です」

西南戦争終焉の地で、義孝は冷静にブレーキを踏んだ。注意しなければ、見逃してしまうようなところにある。

「……あ、ここだ。西郷どんの最期の場所」

翡翠が優馬の膝でモゾモゾと動いた。

「車から降りないでください」

義孝は真っ青な明雲に声をかけ、後部座席に置かれていた長いものを受け取った。

……黒い長いもの。

単なる黒い長いものではない。

黒いケースから出てきたものは猟銃《りょうじゅう》だ。

「……お、玩具《おもちゃ》だよな？」

優馬はやっとのことで声を絞りだして聞いた。

「次の鴨《かも》撃ちにはお誘いする」

スッ、と義孝は猟銃を迫る銀のベンツに向けた。周囲に人はひとりも見当たらない。

「……か、鴨撃ち？」

「我が家のシェフはジビエ料理が得意です」

「……お、お坊ちゃま?」

優馬が顎をガクガクさせていると、義孝を加護している白龍が銀のベンツに向かって白い炎を噴いた。

その瞬間、ハンドルを取られ、スリップ。

グワシャッ。

銀のベンツは壁に衝突した。

「……うっ」

爆発する。

ヤバイ、と優馬の背筋に冷たいものが走った。

けれども、ドイツ車の頑丈さが証明された。銀のベンツは方向転換すると、逃げるように走り去っていく。

衝突した壁には穴が開き、凄絶な砂塵《さじん》が立ちこめている。

優馬は開いた口が塞がらない。

翡翠は目を丸くしている。

後部座席から明雲のか細い声が聞こえてきた。

「……よ、義孝くん、街中で発砲してはいけません。疾風くんでもしたことがありませんよ」

「明雲さん、甘いことは仰《おつしや》らないでほしい」

義孝は事務的な口調で言うと、猟銃を抱え直した。そのうえ、薩摩の焼酎や水、肴《さかな》を詰め込んだ買い物袋を手にした。

まるで何事もなかったかのように。

「優馬、この地ですか?」

義孝に促されるまでもなく、優馬は翡翠とともに車から降りた。西南戦争終焉の地に足早に進む。

一刻も早く、怨霊と化した薩摩の兵士を成仏させなければならない。

が、優馬はあまりの息苦しさに足が止まった。

「……うっ」

未だかつてない邪悪な怨念の塊が渦巻いている。

注意深く見れば、怨念の柱が聳《そび》え立っているのか。

その怨念の柱に向かって、白装束の男が両手を合わせ、何やらブツブツ唱えている。激烈な大蛇が取り憑いていた。

優馬の足が竦む。

だが、翡翠は勇ましい薩摩志士のように突き進んだ。

「お兄ちゃん、おいもたい。モグモグたい。まんちゅう、モグモグたい」

翡翠はいっさい怖がらず、お気に入りの西郷どんのぬいぐるみに加え薩摩芋や饅頭も抱え、怨念の柱にヨチヨチと近寄る。

ズズズズズズッ、という不気味な音を立てて怨念の柱が増大した。翡翠が差しだす薩摩芋や饅頭を受け取らない。

義孝が供えた薩摩の焼酎や水、肴にも反応しなかった。

明雲は祝詞を上げようとしたが、禍々しい怨念の柱が発した強風で転倒した。したたかに頭を打つ。

バタンッ、明雲はその場に倒れ込んだ。

「明雲さん？」

義孝が心配そうに近寄り、明雲の細い身体を揺さぶる。しかし、祝詞を奏上できる宮司の目は閉じられたままだ。

「勇猛果敢な薩摩の志士たちよ、彼らが裏切り者の末裔《まつえい》である。今こそ、無念を晴らす時ですぞ」

白装束の男が怨念の柱に向かって煽るように言った。

……あ、夢の中で見た男だ、真面目そうに見えるけれどヤバイ奴、と優馬は慌てて翡翠の盾になるように立つ。

「勅使河原周治、羅針原理教の黒幕です」

義孝はスマートに猟銃を構えながら、白装束の男について言及した。照準は勅使河原の急所に合わせる。

「……あ、あんなに真面目そうに見える奴が元ヤクザ？」

「そうです。武闘派揃いの板東一場組には珍しいインテリヤクザだったらしい」

白装束の勅使河原は優馬や義孝の出現に気づいていながら一瞥《いちべつ》もくれない。一心不乱で怨霊と化した薩摩の兵を煽っていた。

「誇り高き薩摩隼人よ、裏切り者の世を粛正《しゅくせい》しましょう。まず、こやつらを血祭りに上げましょうぞ」

勅使河原の言葉に怨念の柱が呼応した。

「……裏切り者……大久保利通……」

よくも西郷先生を裏切った、あの時、手筈《てはず》通りに大久保が政府を操れば西郷先生は自刃せずにすんだのに、あやつだ、あやつ、仲間の命を奪ったのはあやつだ、という成仏を拒む志士の凄絶な無念が優馬の心を直撃する。

苦しい。悲しい。負の感情が凄まじい。

「そうです。大久保利通の末裔です」

勅使河原はいけしゃあしゃあと優馬を明治政府の功労者の子孫と紹介した。怨念の柱に優馬を始末させるために。

「……おい、違うぜ。うちの先祖は西郷どんに倒された幕府側だぜ。傘張りの内職もした貧乏旗本《はたもと》の三男坊だってさ。長男と次男が鳥羽伏見《とばふしみ》の戦いで戦死したから、冷や飯《めし》食いの三男坊が家を継いだと聞いた。ボロボロの家系図が残っているけれど、あまりにもボロボロすぎて読めない」

優馬は懇切丁寧に自身の先祖について語った。落ち着いて考えてみれば不思議だ。幕府側の子孫が倒幕の急先鋒だった西郷の志士を助けようとしているのだから。

人選ミスじゃねぇか、と須佐之男命に突っ込んでいる場合ではない。

「西郷さんは誰からも好かれていました。大久保は昔から西郷さんを妬んでいました。いずれ、西郷さんが政府に返り咲くのは目に見えていた。そうなれば大久保は西郷さんに自分の倚子を譲らなければならない。わかりますね？　大久保が西郷さんを滅ぼそうとしたわけを……」

勅使河原は依然として、温和な声で怨念の柱を煽り続けた。

「……許せん……断じて、許せん……裏切り者……」

「大久保は西郷さんに命を捧げた勇猛果敢な薩摩の志士たちも恐れていた。それ故、反乱を起こすように仕向けたのです」

勅使河原にとって近代化の父と称される偉人は裏切り者でなくてはならない。薩摩の志士の怨霊を利用するためにも。

「……我らの反乱に応じると……約束したのに……裏切った……」

怨念の柱は当時について触れた。

その瞬間、優馬の中で何かが切れた。ブチッ、と。

「……おい、馬鹿か、幕末からずっと、あの時代は裏切りの連続だ。挨拶するみたいに裏切りが横行していたんだ。大久保の裏切りぐらいでガタガタ騒ぐな」

自分でも何を言っているのかと思ったが、滑りだした優馬の口は止まらない。そもそも、裏切りがなければ、徳川の世は続いていただろう。

「……おはん……」

「それに西郷どんは馬鹿じゃなかった。幼馴染みの大久保の性格なんて誰よりも知っていたはずだぜ。最初から大久保の口約束が当てにならないってわかっていながら挙兵したんだ。そうしないと、お前たち薩摩の男が勝手に大暴れする危険があったからだろ」

いったい誰が教えてくれているのか不明だが、血気盛んな薩摩の志士がどれだけ脅威か、ズシリズシリと優馬に伝わってきた。

「……こしゃくな」

「西郷どんは大久保を恨んでいない。晋どんだってそうだぜ」

西郷を介錯《かいしゃく》したのは、晋どんこと腹心の別府晋介だった。誰よりも辛い役目を引き受けたが、不思議なくらい無念さは感じない。

西郷先生と一緒に戦って一緒に死ぬことができて幸せだ、という晋介の気持ちが優馬に流れてくる。

いや、晋介だけではない。南州墓地で西郷とともに眠っている薩摩軍の兵士たち、全員、同じ気持ちなのだろう。

「……消す……お前は消す……」

怨念の柱から何本もの矢が放たれた。

グサリ。

グサリグサリグサリッ、と邪気を放つ矢が突き刺さる。

やられた。

やっぱり、やられた。

こんなところで、と優馬は瞬時に浮かんだ美麗な神を罵った。……が、まったくダメージはない。

義孝を加護している白龍が守ってくれたのだ。

「……あ、助かった」

白龍が怨霊と化した柱を浄化するようにぐるぐると回る。

「くぉくぉくぉくぉくぉ～ん」

いつの間にか、チビ西郷どんは消え、黄緑色に近い緑色の小さな龍がいた。勅使河原に取り憑いている大蛇目がけて緑色の炎をお見舞いする。

ぶわっ、と。

ぶわぶわぶわぶわーっ、とチビ龍は未だかつてない苛烈な炎を連発する。勅使河原についている大蛇は苦しそうに呻いた。

チビ龍が優勢だ。

が、どうも危なっかしい。

今までの機敏に空を泳いでいた翡翠ではない。

腹だ。

ぽんぽこりんの腹だ、と優馬は上空の翡翠の違和感に気づいた。離乳食を卒業した途端、翡翠は瞬く間に横に成長した。

「……翡翠、おい、落ちる。その腹はなんだ。チビ龍じゃなくてブタ龍じゃないか。鹿児島の黒豚をまだ食っていないのに、どうしてお前がブタ龍になってやがる。西郷どんは見習うべき立派な男だけど、メタボ腹は見習うなーっ」

優馬が真っ青な顔で叫ぶと、上空の翡翠からポンッ、となにかが落とされた。お気に入りの西郷どんのぬいぐるみだ。

「くぉくぉくぉくぉくぉーん」

「……ブタ龍、そのぽんぽこりん腹じゃ危ない。いくら龍でも落下したらヤバいだろう。

腹の重さで墜落する前に逃げろ」

　母の心、子不知《こしらず》。

　否《いな》、優馬の心はチビ龍に届かず。

「くぉーっ、くぉくぉくぉくぉくぉーん」

　翡翠は重そうな腹部に左右されたりしなかった。それどころか、体当たりで禍々しい大蛇に突撃する。

　ゴゴゴゴゴゴゴゴ、とどこからともなく不気味な音が響いてきた。

「……ぽ、ぽんぽこりん龍？　翡翠？」

　空では翡翠と大蛇が対峙し、地上では義孝と勅使河原が対峙している。氷の彫刻が銃口を勅使河原の眉間に向けた。

「二階堂家のご子息にトリガーを引く覚悟がありますか？」

　俺は鴨ではない、と白装束に身を包んだ勅使河原が宥めるように続けた。当然というか、羅針原理教の黒幕は義孝の素性を知っている。荒事《あらごと》とは無縁の深窓のご子息だと侮《あなど》っているようだ。

「僕は大切な友人を守る。それだけです」

「小野優馬と龍神がそんなに大切ですか？　二階堂家にとってなんのメリットもない小者《こもの》です。俺が牛耳《ぎゅうじ》る羅針原理教と共闘したほうが得ですよ」

「羅針原理教の黒幕がそんなに愚《おろ》かだとは思わなかった」

ビリリリリリッ。

氷の彫刻は目にも留まらぬ素早さで、勅使河原の首筋に隠し持っていたスタンガンを押しつけた。

「……うっ」

猟銃に気を取られ、スタンガンを隠し持っているとは思わなかったのだろう。秀麗な良家のご子息の装備は万全だった。

「以後、話は弁護士を通したまえ」

義孝は尊大な目で気絶させた勅使河原を見下ろした。

時を同じくして。

ガブリッ、と翡翠が勅使河原に取り憑いていた大蛇に噛みつく。

プシューッ、と苦しそうな大蛇から瘴気が発散された。

「翡翠、それはトンカツでもないし、牛丼でもないぜ。ラーメンでもないし、さつま揚げでもない。食えないから食うなーっ」

あいつの食い意地は本物だ。

あいつの食い意地は絶対に全能の神を凌駕する。

ヤバい、と優馬は食い意地の張ったチビ龍に焦った。もちろん、義孝から注がれる冷酷な視線に気づかない。

「くぉーっ、くぉくぉくぉくぉくぉーん」

ガブリッガブガブッ、と翡翠は大蛇のひとつの首を噛み切った。

ボタッ。

優馬の前に噛み切られた大蛇の顔が落ちた。

「……ひ、ひーっ」

優馬はその場で腰を抜かす。

それでも、まだ大蛇は瘴気を漲らせながら蠢いている。

シュルルルルルルルルル、と威嚇するように鳴きつつ、翡翠や白龍から逃げた。そうして、怨霊と化した薩摩の志士に近寄る。

「……裏切り者……裏切り者が統《す》べる世は許さん……根絶やしにしてくれよう……」

怨霊と化した薩摩の志士に、痛手を負った大蛇が同化しようとした。

同化というより、すべてを呑み込もうとしている。

これだ。

これが目的だったのだろう。

大蛇は自身の魔力の増幅のために勅使河原に取り憑き、怨霊と化した薩摩の志士から負のエネルギーを得ようとしたのだ。

魔物である自分がさらに強くなるために。

「……だ、駄目だっ、そんな魔物と同化したらおしまいだ、二度と西郷どんと会えなくなるぜーっ」

優馬は地面に落ちていた西郷どんのぬいぐるみを、怨念の柱と化した薩摩の志士に投げた。

スカッ。

実態がないから通り抜けてしまう。

が、怨念の柱と化した薩摩の志士に異変が起こった。

「……西郷先生?」

薩摩の志士にとって、西郷は命より大事な存在だった。それは確かめなくてもわかる。

「……そ、そうだ。西郷どんだ。西郷どんに会いに行こう。お前に会えなくて西郷どんが寂しがっている。お前、西郷どんを寂しがらせて、それでも薩摩の男かよ」

優馬は思ったまま、いっさい言葉を飾らずに言った。

いつの間にか、意識を取り戻した明雲が、祝詞をあげている。義孝が浄化するかの如く地面に薩摩の焼酎を捲いた。

「……西郷先生が寂しがっている?」

生前は真っ直ぐで純粋な志士だったのだろう。そんなイメージが優馬に流れてくる。

「そうだ。お前がそばにいないから西郷どんが寂しがって痩せ細って……痩せ細ってはいないけど寂しがってメソメソ泣いている。あんなごつい男だけど、むちゃくちゃ涙もろいんだ……早く、泣きじゃくる西郷どんを慰めに行け」

西郷の涙を見たわけではないが、泣きじゃくっているに違いない。少し接しただけでも、情に厚い男だと伝わってきたから。

「……今さら顔を合わせられん」

……ああ、この男だ、この男が大久保の口車に乗って西郷どんに決起を迫ったんだ、誰よりも後悔したんだ、戦死しても成仏できなかったんだ、自分で自分に罰を与えたんだ、と優馬は真っ直ぐな志士が怨念の柱に成り果てた理由に気づいた。

「西郷どんをずっと泣かせる気か。お前が会いに行かない限り、西郷どんは永遠に泣き続けるぜ」

「晋どんやほかの仲間が……」

「馬鹿、晋どんもお前がいないから泣いている。さっさと綺麗な身体になって、西郷どんのところに行けーっ」

ポツリ。

ポツリポツリポツリポツリ。

それまで晴天だったのに、突然、雨が降りだした。

「……雨？　……あ、義孝についていた白龍が雨を降らせたのか？」

天を見上げれば、義孝を加護している白龍が雨を降らせている。浄化の雨だと、優馬はなんとなくだがわかった。

「くぉーっ、くぉくぉくぉくぉくぉーん」

ガブッ。

翡翠は怨念の柱と化した薩摩の志士に齧りついた。

「……ひ、翡翠？　それは薩摩芋スイーツじゃねぇぜーっ」

パリンッ。

パリンパリンパリンパリンッ、と怨念の柱と化した薩摩の志士が崩れる。シュワワワワ～ッ、という霧の中、若竹のような青年が現れた。

裸体だ。

……いや、辛うじて一枚、身につけている。

「……え？　赤いパンツ……じゃねぇ褌《ふんどし》？　赤い褌？」

霧の中、若竹のような青年は井戸で水を浴びる。

どやどやどやっ、と同じような体格の青年たちが何人もやってきた。それぞれ、井戸で水を浴びた青年を抱き締める。

「……あ、晋どん？」

優馬は雄々しい志士の集団の中に晋介を見つけた。

「優馬どん、あいがとさげもす」

晋介が礼を言うや否や、ほかの志士たちも一礼した。

濃くなる霧の中に涙目の西郷隆盛がいる。明治維新が遠くなった今の今まで成仏を拒んでいた志士を抱き締めた。誰よりも激しく号泣しながら。

白龍が降らせていた雨が止む。

その途端、霧が晴れた。

「……晋どんも西郷どんもいない……怨霊もいない……」

優馬はどこまでも果てしなく続く空を見上げる。空の青さも高さも西郷たちが生きていた時代と変わらないはずだ。

「優馬くん、お見事」

明雲は称えるように言ってから、碑《ひ》の周りに薩摩の水をまいた。

「……明雲さん、薩摩の志士は成仏してくれたんだよな？」

優馬が確かめるように尋ねると、明雲は観音菩薩のような微笑を浮かべた。

「はい」

「赤い褌が見えた」

「薩摩は赤い褌です」

「赤い褌ってインパクトがあるな」

「怨霊になってしまいましたから禊《みそぎ》が必要でした」

明雲の頭上、木花之佐久夜毘売が白龍とともに西南戦争終焉の地を浄化する。悲劇の幕が閉じた場所は切ない。

『晋どん、もうここらへんでよか』

碑に刻まれている西郷の言葉を見た瞬間、ぶわっ、と優馬の目から滝のような涙が溢れた。明雲のガラス玉のように綺麗な目も潤んでいる。

なんとも形容し難い哀愁が流れた。

が、哀愁をブチ破るのは、翡翠の豪快な鼾だ。いつしか、小さな龍神は人間の姿に戻り、西郷どんのぬいぐるみのうえで寝ていた。寝相《ねぞう》もひどい。

「明雲さん、どこかに翡翠のおむつや浴衣が落ちていませんか？」

いくらおおらかな鹿児島でも、幼児のすっぽんぽんはヤバいだろう。

「翡翠くんが食べかけたお芋なら落ちています。あの翡翠くんが食べきらないなんて……」

翡翠の歯形が残る薩摩芋を見つめ、明雲は腰を抜かさんばかりに驚いている。

「それはもう駄目……って、こいつだ。すっぽんぽんの翡翠よりこいつ」

優馬は今さらながらに義孝が失神させた羅針原理教の黒幕に気づいた。未だに意識を取り戻さず、地面に倒れている。

「……こいつ、勅使河原を人質にして、羅針原理教に取り引きを持ちかけよう。人質交換で疾風を取り戻すんだ」

交渉は任せた、と優馬は超然としている義孝に視線を流す。不器用な自分に交渉は無理だとわかりきっているから。

「優馬、その必要はない」

義孝はスマートフォンを眺めながら、シニカルに目を細めた。

「なんで？」

「助ける必要はありません」

「……おい、お坊ちゃま優等生、イカれたか？」

「あの諏訪疾風は人質に向きません」

義孝がいつもの調子で言い放った時、長身の男が大股で近づいてきた。背後には雄々しい毘沙門天がいる。

「……疾風？」

夢か、そっくりさんか、疾風か、と優馬は瞬きを繰り返した。けれど、こんなに存在感のある男はそうそういない。

「優馬、義孝、どうしてこんなところにいるんだ？」

疾風の第一声に対し、優馬は頬を紅潮させて言い返した。

「疾風、それはこっちのセリフだ」

「俺はお前がここにいると聞いたから」

嘘だと思ったが本当だった、と疾風は独り言のようにポツリと零した。心なしか、周りがざわざわとざわめく。

「疾風は薬入りの缶コーヒーを飲まされて、瀬名っていう構成員にスタンガンでやられて、京都で羅針原理教に渡されたんだろう？」

「よく知っているな」

疾風は横目でスマートフォンを操作している義孝を眺めた。おそらく、義孝が二階堂家の情報網を駆使したと踏んでいるに違いない。

「広陵さんが助けてくれたのか？」

「広陵が出張《でば》ったら戦争になる」

疾風が石碑に視線を止めると、義孝がスマートフォンを手に口を挟んだ。

「京都にある羅針原理教本部が何者かによって襲撃されたそうです。死者は出ていないようですが、負傷者が一〇〇人近く搬送されたそうです。襲撃犯は不明、羅針原理教は口を噤《つぐ》んでいるとか……」

義孝が読み上げたニュースに引っかかった。まさか、まさか、まさか、と思った。いくら無敵の男でもそれは無理だと思った。

「……疾風、まさか、まさかとは思うが、人質のお前がひとりでやったわけじゃないよな?」

まさかとは思うが、すべてのベクトルが無敵の男に向いている。

「死者が出なくてよかった。手加減ができなかったからな」

注意深く見れば、疾風の腕にはいくつもの傷があった。首の後ろにはテープが貼られている。

「……お、お、お、お前、やっぱりひとりで一〇〇人近くもなぎ倒して逃げてきたのか?」

「プロはひとりもいなかった」

疾風は感情を込めずに言うと、地面で気絶している勅使河原を蹴り飛ばした。ドカッ、と。

「……お、おい、疾風っ」

勅使河原が口から血を吐き、優馬は困惑してしまう。憎い男だが、死を望んでいるわけではない。

「勅使河原周治、諸悪の根源《こんげん》はこいつだ。組員時代から計画倒産や仮想通貨の詐偽《さぎ》、脅迫で荒稼ぎしやがった」

疾風の表情はさして変わらないが、怒髪天《どはつてん》を衝いていることは確かだ。元組員に対する怒りが凄まじい。

「詐偽や脅迫はヤクザの正業じゃないのか?」

優馬が素朴な疑問を投げると、疾風の男らしい眉が顰められた。

「馬鹿野郎、うちはマフィアじゃねぇ」

任侠《にんきょう》、という一昔前の言葉が疾風の後ろにいる毘沙門天から伝わってきた。どうやら、関東屈指の勢力を誇る指定暴力団は、現代では天然記念物に指定されそうな昔ながらの任侠団体らしい。

もっとも、そうでなければ組長の息子を毘沙門天が加護したり、若頭を増長天が加護したりしていないだろう。

「……ごめん。暴力団とマフィアの違いがわからなかった……っと、悪いのはこいつだ。それはわかる」

「親父に破門されても、何かあればうちの名を使っていた。今回、叩き潰すにはちょうどよかったさ」

ドカッ、と疾風は再度、勅使河原の身体を容赦なく蹴り飛ばした。ゴロゴロッ、と階段を転がっていく。

「疾風、それ以上やったら死ぬ」

優馬は焦燥感に駆られ、極道の息子を止めた。

「これぐらいで死にはしない」

「……こ、これぐらい？」

「人はそう簡単には死なない」

　疾風は地を這うような低い声で言い切ったが、海千山千の極道以上の迫力が漲っている。組長の息子がどんな修羅を歩んできたのか、その片鱗《へんりん》に触れたような気がした。チクリ、と優馬の胸が疼く。

「……な、なんか……なんか……なんか……とりあえず、勅使河原はサッカーボールじゃないから蹴るのはそこまで」

　優馬は宥めるように疾風の逞しい肩を叩いた。

「お人好し」

「どこが？」

「ここで二度と立ち上がれないように痛めつけないとまたやるぜ」

　勅使河原は屈服していない、と疾風は言外で匂わせている。当の勅使河原はピクリとも動かないのに。

「……いくらなんでも」

「またどこかの世間知らずの学生を教祖に仕立て上げて、宗教法人を立てて、荒稼ぎするさ」

　疾風は渋面で勅使河原の胸を踏みつけた。

　ボキッ、ボキボキボキッ、と勅使河原の胸で不気味な音がする。なんのことはない、疾風が勅使河原の肋骨を折ったのだ。それも一本や二本ではない。

「……は、疾風、それくらいで」

「目も潰しておくか」

本気だ。

疾風は冗談を言うような男ではない。

「……そ、それはやめろ」

「こいつ、お前や翡翠に手を出そうとした」

疾風が怒った最大の理由は自分が拉致されたからではない。組員時代の悪行でもない。

優馬と翡翠を狙ったからだ。

「俺と翡翠は無事だ。義孝も明雲さんも無事だったから」

須佐之男命に鹿児島に飛ばされ、薩摩の志士に絡まなければ、勅使河原に狙われることはなかったのではないか。

優馬は渾身の力を込め、狂犬の仇名《あだな》に相応しい友人を止める。

「お前たちを狙ったことが許せない」

疾風の鋭敏な目には明確な殺気があった。

「疾風、落ち着け」

「常にお前より冷静だ」

「今のお前はヤバい」

優馬が険しい顔つきで断言した時、視界の端に広目天を見つけた。……否、広目天が加護している男だ。スーツ姿の青年が土下座している。

「……あ、あれ？　瀬名っていう組員？」

いつの間にいたのか、瀬名という若い構成員が階段の下で土下座していた。そうして、小刀を取りだす。

「……や、やめろ。西郷さんの時代じゃないんだから切腹はやめろーっ」

優馬が真っ青な顔で叫ぶと、疾風は腹から絞りだしたような低い声で言い放った。

「瀬名、俺は指なんていらない」

切腹じゃなくて指か、と優馬は安堵の息を漏らした。

……いや、安堵の息を漏らしている場合ではない。瀬名の真摯な目を見ればわかる。板東一場組の構成員は指を詰める気だ。

「ボン、申し訳ありませんでした。せめて、詫びを受け取ってください」

「お前の気持ちはわかっている。勅使河原が板東一場組の名を利用していたのに、親父や広陵は動こうとしなかった。さっさと手を打たないと被害が大きくなる。お前は被害が大きくなる前に動いた」

ただそれだけだ、と疾風は大股で瀬名に近寄った。

「ボンを羅針原理教に渡すなど、天と地がひっくり返ってもしてはいけないことです」

瀬名は頭を地面に擦りつけたが、背後の広目天は堂々としていた。疾風を加護している毘沙門天と視線で挨拶を交している。

……あれ、須佐之男命の使いの牛がいない、と優馬は瀬名の周囲に目を凝らした。須佐之男命のところに帰ったのだろうか。

「瀬名、お前が勅使河原に買収されたふりをしたから上手くいった」

「勅使河原がボンを洗脳して羅針原理教の次の教祖にしたがっていましたから」

瀬名が明かした勅使河原の計画に、優馬は思い切り仰け反った。ふっ、と疾風は馬鹿らしそうに鼻で笑い飛ばす。

「現実味のない計画だな」

「勅使河原は極道時代から現実味のない計画でシノぐのが得意でした」

「今回、お前はよくやった」

「俺はカシラが殴り込んで羅針原理教を叩き潰す計画を立てていました」

瀬名は若頭である広陵を動かし、羅針原理教を壊滅させるつもりだったようだ。優馬も疾風を助けられるのは広陵だとばかり思っていた。

しかし、拉致されたのは底知れぬ強さを誇る疾風だ。いつまでもおとなしくしているわけがない。

「素人相手に殴り込みをさせるな」

「さすが、ボンです。カシラが殴り込む前にたったひとりで羅針原理教を壊滅させて、自力で脱出するとは……」

瀬名は疾風の無敵の強さに感服しているが、優馬は二の句が継げない。疾風が狂犬と揶揄される所以だが。

どこからともなく、パトカーのサイレンが響いてくる。

「ここであまり長居すると不審者に間違えられるかもしれません」

明雲の一声により、優馬は我に返った。

そうして、豪快な鼾を掻いている翡翠を抱き上げる。碑に向かって全員でお辞儀をしてから、西南戦争終結の地を後にした。

勅使河原は広陵に引き渡すというが、優馬と義孝は反対しなかった。優しい明雲にしてもそうだ。

疾風がいれば、義孝は運転席に座らない。疾風がハンドルを握る車で、宿泊しているホテルに戻った。明雲は言わずもがな、優馬も疲れ切っている。ペットボトルのミネラルウォーターで喉を潤した。

「羅針原理教の教祖はいきなり錯乱《さくらん》し、信者が所有するビルの屋上から飛び降りたそうです」

義孝は羅針原理教の教祖が投身自殺したというニュースを天気の話でもするように告げた。驚いたのは、優馬ひとりだ。

「……あ、そうか、羅針原理教の教祖はビルから飛び降りて自殺したのか……ああ、おかしくなったんだな……呪詛返し……」

やっぱり城山の大本営跡地で呪っていたのは教祖だったんだ、と優馬は術者だという教祖の自殺に納得した。

「優馬、教祖です」

義孝が差しだしたスマートフォンの画面には、白装束に身を包んだ教祖がいる。異国の修道僧のようにすっぽりと頭から白い布を被っているから顔がわからない。

「義孝、だから、顔がわからない」

「素顔が判明しました」

義孝がスマートフォンを操作し、画面を切り替えた。白い着物姿の若い教祖が映しだされている。

「……あ、あれ？　この細い奴……胡散臭い新興宗教にハマって休学した経済学部の近藤史行じゃないか……」

　伝統を誇る常磐学園大学においても、諸説の事情で休学者は出る。しかし、新興宗教が理由で休学した学生は近藤ぐらいではなかったか。

「勅使河原に操られ、神の生まれ変わりの教祖に祭り上げられたらしい。だから、休学させられたのです」

「……あ、あいつが教祖だったのか……あいつが術者？　……あいつが術なんて使えたのか？」

　近藤には角が二本生えた赤黒い鬼が取り憑いていた。月読命の弟子である優馬に戦いを挑んだのだ。チビ龍の炎にやられたはずだ。

「調査報告が入りました。近藤史行なる教祖は少しだけ霊能力があったらしい。亡くなった祖母が霊媒師《れいばいし》であり、勅使河原と縁があったそうです」

「……全然、知らなかった……気づかなかった……」

　近藤はパンダのチョコレートで翡翠を釣った、ほかの奴らとは違ったのか、と優馬は今さらながらに振り返ってみる。そういえばおかしなことを言っていたな、と。

「優馬に教祖の呪詛が通じなかったから、愚かにもスタンガンで直接挑《いど》んだのでしょう」

「……お、俺に呪詛？　俺が呪われていたのか？」

　優馬は驚愕のあまり、口にしたミネラルウォーターを噴きだしそうになった。すんでのところで留まる。
「おそらく」
「俺に呪詛が通じなかった？　あいつの呪術はそんなに下手なのか？」
「明雲さんによれば、そんなに腕の悪い術師ではないそうです」
「じゃあ、どうして俺は無事だったんだ？　……あ、月讀命が守ってくれていたのか？」
曲がりなりにも俺は月讀命の弟子だ、月讀命が何か守りを施《ほどこ》してくれたのか、と優馬は
麗しすぎる師匠を眼底に再現した。
「明雲さんが優馬に結界を張っていたそうです」
優馬は甘かった。どこかで美麗な神が笑っているような気がした。どう考えても弟子思
いの師匠ではないのに。
「……そ、そっちか……明雲さんに守ってもらっていたのか……」
優馬は自分の甘さを痛感した。
「結界には禰宜《ねぎ》の八尋《やひろ》さんも協力したようです」
「……禰宜の八尋さんにもそんな技が……あ、あれ？　近藤に取り憑いていた赤黒い鬼も
月と夜の統治を狙っていたんだよな？　だから、月讀命に戦いを挑んだんだよな？　それ
なのに、月讀命は弟子の俺に回して、翡翠がやっつけて……薩摩の志士の怨念を利用しよ
うとした目的は月讀命に勝つためか？」

別件だと思っていたが、もしかして一本の線で繋がっているのだろうか。すなわち、月読命という金色の線で。

「自分の利が大きくなる世にするために、月と夜の支配権を握りたかったと推測できる。月読命に勝つため、薩摩の志士の怨念を取り込みたかったのでしょう」

義孝は羅針原理教の教祖と黒幕、つまりふたりに取り憑いていた魔物たちの真の目的を指摘した。

「……よ、要はチャラ男神？　つまり、月読命か？　羅針原理教の狙いは月読命なんだな？」

結局、あいつか、あのチャラ男神か、赤黒い鬼も大蛇も月読命に取って変わりたかったのか、と優馬は愕然とした。

「優馬、義孝、胡散臭いことを並べるな」

それまで無言だった疾風が初めて口を挟む。

優馬と同じように義孝も、現実主義者に目に見えない世界について説いたりしない。明雲にしてもそうだ。

チャラ男神がちゃんと対処していたらこんな騒動にはならなかったんじゃないか、と優馬は美麗な男神に心の中で文句を言った。日本の政治家が問題を先送りにするのは月読命の影響ではないのか、と。

だが、急に強烈な睡魔に襲われる。

「……腹が減ったけど眠い……」

優馬は空腹を感じていたが睡魔のほうが強かった。布団に倒れ込むように横たわる。翡翠のオヤジ顔負けの鼾を子守歌代わりに深い眠りについた。

そうして、夢を見た。

夢だとはっきりわかっている。

温泉は見えるが夢だから硫黄《いおう》の臭いはしない。

西郷隆盛ゆかりの温泉は点在しているが、あれはどこの温泉なのだろう。

西郷は翡翠を抱き、温泉に浸かった。

「せごどん～っ、せごどん～っ、せごどん～っ」

西郷が大好きなのか、温泉が大好きなのか、どちらも大好きなのか、翡翠のはしゃぎっぷりがいつになくすごい。

西郷も翡翠が可愛いのか、どんなにはしゃいでも目尻は下がりっぱなしだ。

晋介やほかの薩摩志士たちも一緒に湯に浸かった。

それぞれ、清々しい笑顔を浮かべている。

「優馬どん、薩摩は恩を忘れん」

立ちこめる湯気の中、晋介に改めて礼を言われたような気がしたが、甲高い翡翠の雄叫びに掻き消される。

湯気が霧に変わった。

霧に覆われた神々《こうごう》しい寝殿が見える。

美麗な兄神と精悍な弟神が酒を酌み交わしていた。

「須佐之男、お気に入りの西郷どんが悲しまなくてよかったね」

月讀命が華やかな美貌を輝かせ、弟神である須佐之男命の肩を叩いた。

「兄上、勅使河原周治なる悪しき者に取り憑いていた大蛇の退治は兄上の役目だった。古よりあの大蛇は月と夜の統治を狙っていたのに兄上は放置した」

須佐之男命は憮然とした面持ちで酒を飲み干す。すぐに、傍らに侍っていた美しい天女が酒を注いだ。

「無粋《ぶすい》なことを申すな」

「近藤史行なる悪しき者に取り憑いていた鬼の退治も兄上の役目だった。兄上は放置し続けた」

魔物が月讀命を狙う理由は、月と夜の統治である。言うなれば、月と夜の支配権を得るため、月讀命を虎視眈々《こしたんたん》と狙い続けた。魔物にしてみれば、太陽より月が欲しい。

「せっかくの兄弟水入らず、無粋な話は止めよう」

月讀命は楽しそうに弟の逞しい肩を抱き寄せる。何も知らない者が見れば、弟を溺愛している兄に見えるだろう。

「兄上は相変わらずだ」

「須佐之男も相変わらずだ。姉上にお別れを告げに行ったのに、ちゃっかり姉上と子を成した時から、まったく変わっていない。素直におなり」

ふふふっ、と月讀命は楽しそうに綺麗な目を細めた。

「……素直だと？」

「私の弟子が気に入ったのならば、素直にそう言えばいいのに」

月讀命が煽るようにほくそ笑むと、須佐之男命は仏頂面で言い放った。

「兄上の初めての弟子、気に入った」

「そうだろう」

勝った、言わせた、と月讀命の歓喜が誇らしそうな表情に表れている。

「さすが、兄上だ」

無骨な弟神に讃えられ、月讀命は怪訝そうに眉を顰めた。

「須佐之男、兄を兄とも思わないそなたが私を誉めるなんて、また姉上に隠れてどこかの美しい女神に手を出したのかい？　断っておくけど、逆上した姉上を宥めるのはいくら麗しい私でも不可能だ」

裏があるね、と月讀命は弟神の鋼《はがね》のような胸を指でついた。

「そうじゃない。本気で兄上を誉めている」

「気が遠くなるくらい永い時を生きているけれど、私の記憶が正しければ、弟に誉められたのは初めてだ」

「兄上は素晴らしい」

須佐之男命が苦虫を噛み潰したような顔で言うと、月讀命の目に星が飛んだ。キラキラッとしたムードも増す。

「やっとわかってくれたのか」

ガバッ、と月讀命は雄々しい弟神に抱きついた。左右に侍っていた天女はそれぞれ目頭《めがしら》を押えている。

いったいどういう兄弟神なんだ、と優馬は突っ込んでしまう。もちろん、当の本人たちに届かないから突っ込めるのだ。

「ああ、兄上は素晴らしい……みんな、同じ気持ちだ」

須佐之男命が鷹揚に顎を杓った先には、威厳に満ちた武将が何人もいた。

「月讀命様、さすがでございます。月と夜を統治する神を称える言葉を見つけることができませぬ」

月讀命に深々と頭を下げた武将は、いかにもといった実直そうなタイプだ。葵《あおい》の紋が入った印籠《いんろう》を下げていた。

「……ああ、徳川家康《とくがわいえやす》殿、久しぶり」

今、チャラ男神はなんて言った。

徳川家康と呼んだのか。

あの徳川家康、と優馬は自分の耳を疑ったが、西郷に会った後だから納得してしまう。明治維新の英傑がいるのだから戦国の覇者《はしゃ》がいてもおかしくはない、と。

「素晴らしい月讀命様にお願いがございます。どうか三方ヶ原《さんぽうがはら》で成仏できずに怨霊になった我が家臣を救ってくださらぬか」

徳川家康がまだ一大名だった時代、戦国時代最強と恐れられた甲斐《かい》の武田信玄《たけだしんげん》相手に戦った。天下統一を果たした家康の唯一の負け戦《いくさ》である。

「任せなよ」

月讀命はあっけらかんと承諾した。

「……おお、感謝します」

徳川家康が頭を下げると、端整な顔立ちの武将が口を開いた。

「月讀命様、関ヶ原《せきがはら》で彷徨っている我が家臣を救ってくだされ」

「……おや、石田三成《いしだみつなり》殿、憎き宿敵と仲良く並んでいるの？」

月讀命が石田三成と呼んだ武将は、天下分け目の合戦で徳川家康と戦った豊臣秀吉《とよとみひでよし》の忠臣である。味方の裏切りにより、西軍は総崩れとなり、敗者の三成は成敗された。

「月讀命様、生前の恨みは三途の川を渡った時に捨てました。……が、心残りは成仏できずに関ヶ原にしがみついている我が家臣でございます」

　三成が深々と頭を下げると、同調するように家康も大きく頷いた。彼岸の彼方において、死闘を繰り広げた武将たちの間にわだかまりはないようだ。

「わかった。関ヶ原だね」

「かたじけない」

　三成が頭を下げると、すかさず、威風堂々とした武将が声を上げた。

「月読命様、どうか壇《だんの》ノ浦《うら》で彷徨っている我が平家一門を救いたまえ」

「……おや、平清盛《たいらのきよもり》殿か」

「頑《かたく》なに成仏を拒む者ども、広いお心を持つ月読命様にしか救えませぬ」

「私に任せなよ」

　月読命は歴史に名を残した武将におだてられ、懇願されて、なんの躊躇《ためら》いもなくあれこれ引き受けた。

　そうして、にっこりと微笑んだ。

「そういうわけだから、優馬、任せたよ」

　……ま、またか、またかよ、冗談じゃない。

　三方ヶ原も関ヶ原も壇ノ浦も、半端じゃない怨念が込もる激戦地だろうが。

　チャラ男神、弟子に回さずに自分で対処しろ、と優馬は力の限り叫んだ。

……が、月讀命に届かなかった。

「……あれ？」

目覚めた時、優馬はホテルの布団で寝ていた。

夢を見ていたことに気づく。

……いや、夢ではない。

単なる夢ではないはずだ。

今までの経験とチャラ男神の性格を考慮すれば、どうしたって単なる夢だと思えない。

ガバッ、と優馬は布団から飛び起きた。

「優馬、どうした？」

同じ部屋で寝ていた疾風も目覚める。

「……疾風、俺は激戦地に飛ばされるかもしれない」

優馬が真っ青な顔で言うと、疾風は鋭い目をさらに鋭くした。

「頭、大丈夫か？」

「頼む、俺が飛ばされる時はお前も一緒だ」

ガバッ、と優馬は縋るように疾風の肩を掴んだ。無敵の男を加護している武神はなんの反応もしない。

「寝ぼけているのか？」

疾風の突き刺さるような視線に怯えている余裕はない。優馬は全精力を傾け、迫り来る恐怖を訴えた。

「俺も飛びたくて飛ぶんじゃない。これもそれもチャラ男神のせいなんだ。チャラ男も曲がりなりにも神だから一度引き受けたら……っと、義孝、お前はわかってくれるな。頼んだぜ。俺が飛ばされる時はお前も一緒だ」

優馬は右手で疾風の肩を掴んだまま、左手で義孝の肩を掴んだ。極道の息子と良家の令息の肩の厚みはだいぶ違う。それでも、優馬にとっては甲乙つけ難いぐらい頼もしい男の肩だ。

「優馬、落ち着きたまえ」

義孝の氷の彫刻ぶりはいつにも増してひどかった。クーラーが無用なくらいに。

「これが落ち着いていられるか。あのチャラ男神がおだてられてまた厄介なことを引き受けた。自分でせずに弟子に回しやがるっ」

三方ヶ原に関ヶ原に壇ノ浦、無念が積もる激戦地を考えただけで優馬の背筋が凍りつく。目の前に無数の骸骨《がいこつ》が過るのは気のせいではないだろう。

「僕が君に向ける言葉はひとつしかない」

「なんだ？　チャラ男神との師弟関係を解消してもらうしかないか？　どうすれば解消できるんだ？　弁護士を立てればいいのか？　人間の弁護士でいいのか？」

優馬の目は血走っていた。

「落ち着きたまえ」

「チャラ男神に加えて須佐之男命まで出張ったりしないよな？　あの兄弟、もしかして仲が悪いんじゃなくて仲がいいのか？」

月讀命と須佐之男命は水と油のように違うが、憎しみ合ってはいない。何物にも断ち切れない固い絆で結ばれているような気がした。

「繰り返す。落ち着きたまえ」

「だから、これが落ち着いていられるか……っと、翡翠、お前はまた薩摩芋を食べているのか？　いったい何個目だ？　……何十個目だ？」

いつしか、隣で寝ていた翡翠が薩摩芋を美味しそうに食べていた。よく見れば、お供えした薩摩芋はあらかたなくなっている。

「……ふんっ……ママ、おいどんはひちゅでごわす……ふっ……」

翡翠は食べかけの薩摩芋を手にしたまま無邪気に笑った。周りにはお気に入りの西郷どんのぬいぐるみのほか、愛犬ツンのぬいぐるみや鹿児島銘菓が並んでいる。……いや、鹿児島銘菓の空き缶や空き箱が転がっている。疾風や義孝は甘党ではないし、深い眠りに落ちた明雲が食べたとは思えない。

つまり、すべて翡翠の胃袋に収められたのだ。

「薩摩弁に誤魔化されたりはしないぜ。そのメタボ腹を見ろ。それ以上、太ったらどうするんだ。もう食うな」

スッ、と優馬は手を伸ばし、翡翠の腹部を撫でた。鹿児島入りしてから確実にぽんぽこりん度が上がったことは間違いない。

「……ママ、おいも、おいもたい」

「チビ龍がブタ龍なんて洒落《しゃれ》にもならない。食うな」

めっ、と優馬は人差し指を立てて注意した。

けれども、翡翠には通じない。

「……ふんっ……おいも……おいもたい……おいちい……おいちいたい……めっ……」

「翡翠どん……じゃねぇ、ブタどん、食うな」

「……ママ、めっ……おいもたい……おいちい……おいどんはおいも……」

食欲魔神に言葉では埒が明かない。

実力行使、とばかりに優馬は翡翠の小さな手から薩摩芋を奪った。これ以上、太らせたら確実にヤバイ。

翡翠は俺次第で育つ。

横にばかり育ててどうする、と。

「めっ、は翡翠だ。もう食うな……って、俺が食ってやる」

俺が食うしかない、と優馬は大きな口を開けて薩摩芋に齧りついた。翡翠が暴れるから咀嚼する余裕がない。

……やった。

またやった。

二度あることは三度ある。

三度あることは四度あるのだろうか。

薩摩芋が喉に詰まった。

「……めっ、めっ、めーたい。めーたい。ママ、めっ」

薩摩弁の食欲魔神が顔を真っ赤にして薩摩芋を取り返そうとする。

「……っ……」

苦しい。

息ができない、と優馬は疾風に向かって手を伸ばした。

「……優馬、どうした？」

疾風が怪訝な顔で優馬を眺める。優馬が伸ばした手を握るどころか、卓に置かれていた薩摩の焼酎の瓶を掴んだ。

「……っ……く……」

優馬の目から生理的な涙がポロポロと溢れたが、翡翠のポカポカ攻撃はいっそう激しくなった。

「まさか、薩摩芋を喉に詰まらせたのか？」

「……ううっ……」

「前は肉じゃがの芋だったよな。今回は焼き芋か」

疾風は呆れ顔で言ってから、薩摩の焼酎を豪快に呷った。のたうち回る親友を助ける素振りはまったくない。

「優馬、君には学習能力がないのか」

義孝も優馬を冷徹な目で眺めるだけだ。

「……っっ……く……くぅ……」

じゃが芋で始まり薩摩芋で終わるのか。正確に言えば、大福餅に始まり薩摩芋で終わるのか。結局、終幕は窒息死なのか。大福餅か薩摩芋の違いなのか。

優馬の視界に見慣れた三途の川が広がった。

西郷や晋介、数え切れないくらいの薩摩志士が手を振っている。よくよく見れば、大久保利通までいる。

一日先生と接すれば一日の愛あり、十日接すれば十日の愛あり。西郷はそう言われた深い愛の男だ。

優馬にしても少し接しただけで情愛を感じた。

そばにいたい。

そばにいるだけで幸せだ。

ずっと西郷どんの愛に触れていたい。

そんな気もする。

……いや、優馬には親友がいる。

かけがえのない親友がふたりもできた。

月讀命の弟子になって想定外のトラブル続きだ。

けれども、月讀命の弟子になったからこそ、信頼できる友人がふたりもできた。明雲も安心して背中を預けられる存在だ。

信頼できる三人のおかげで世界が変わった。

ここで薩摩芋に敗北を喫《きっ》するわけにはいかない。

勝つ、勝たねば、勝ってやる、と優馬は全力を傾けて薩摩芋との戦いに勝った。三途の川が消える。

いつしか、翡翠は深い眠りから覚めた明雲の膝で薩摩芋のケーキを食べていた。まったくもって、明雲は小さな食欲魔神にすこぶる甘い。

「翡翠くんは可愛い。ぶ～ちゃんではありません。翡翠くんならぶ～ちゃんでも可愛い。気兼ねなくお食べなさい」

「ばあば、おいちい。おいちいたい」

「翡翠くんなら西郷どんのように立派な男になるでしょう。ばあばは楽しみです」

「ふんっ、おいどんはひちゅでごわす」

祖母と初孫ならぬ明雲と翡翠はふたりだけの世界を作っていた。

ひとまず、翡翠のメタボ化には目を瞑る。

バンッ、と優馬は自分を鼓舞するように卓を叩いた。

「さっさと東京に戻るぜ……『愛ある手作りプリンは命に関わる』のレポートを提出するまではどこにも飛ばされない。たとえ飛ばされたとしても、疾風と義孝も一緒だからな。俺はお前たちを離さないぜっ」

優馬の宣言に対し、疾風と義孝の目はこれ以上ないというくらい冷たくなった。もっとも、拒絶感はない。

たとえ、怨念渦巻く激戦地に飛ばされても、信頼できる友人がいるから乗り切れる。必ず、乗り切ってみせる。

なんのために、神様の弟子になったのだ。

とりあえず、翡翠を抱いて東京に戻る。左右に疾風と義孝がいるから何が起こっても大丈夫だろう。

終

コスミック文庫 α

神《かみ》様《さま》の弟《で》子《し》はブラック ~チビ龍《りゅう》の子《こ》育《そだ》て~

【著者】　加《か》賀《が》見《み》彰《あきら》
【発行人】　杉原葉子
【発行】　株式会社コスミック出版
〒154-0002　東京都世田谷区下馬 6-15-4
【お問い合わせ】 一営業部一 TEL 03(5432)7084　FAX 03(5432)7088
一編集部一 TEL 03(5432)7086　FAX 03(5432)7090
【ホームページ】 http://www.cosmicpub.com/
【振替口座】 00110-8-611382
【印刷／製本】 中央精版印刷株式会社